LES

BOUQUINISTES ET LES QUAIS

DE PARIS

TELS QU'ILS SONT

Réfutation du Pamphlet

D'O. UZANNE, le Monsieur

DE CES DAMES A L'ÉVENTAIL, A L'OMBRELLE, ETC.

Oculos habet, et non videt.

Par

Ant. LAPORTE, **Bouquiniste**

Auteur de : l'*Histoire littéraire du* XIXe *siècle*
de la *Bibliographie clérico-galante*, de la *Bibliographie jaune*
du *R. P. Cornutus*, des *Estiennes magnuskisés*, etc.

PARIS
CHEZ TOUS LES BOUQUINISTES DES QUAIS
DANS LES BOITES A PRIX DIVERS

1893

LES BOUQUINISTES

ET LES

QUAIS DE PARIS

TELS QU'ILS SONT

IL A ÉTÉ TIRÉ DE CE VOLUME :

Cinq cents exemplaires papier vélin numérotés.
Vingt-cinq — — japon.

LES

BOUQUINISTES ET LES QUAIS

DE PARIS

TELS QU'ILS SONT

Réfutation du Pamphlet

D'O. UZANNE, le Monsieur

DE CES DAMES A L'ÉVENTAIL, A L'OMBRELLE, ETC.

Oculos habet, et non videt.

Par

Ant. LAPORTE, Bouquiniste

Auteur de : l'*Histoire littéraire du* XIXe *siècle*
de la *Bibliographie clérico-galante*, de la *Bibliographie jaune*
du *R. P. Cornutus*, des *Estiennes magnuskisés*, etc.

PARIS
CHEZ TOUS LES BOUQUINISTES DES QUAIS
DANS LES BOITES A PRIX DIVERS

1893

A MOI-MÊME

—

Ne pouvant dédier cette brochure ni au Gouvernement qui ne sait pas encourager les lettres, ni à l'Académie qui ne lit pas les livres qu'elle couronne, ni à un ami qu'épouvanterait l'originalité de son titre, je me la dédie à moi-même. Et, encore, à moi-même, ce n'est pas si facile, car ce moi-même représente presque une trinité: l'écrivain, le libraire et le bouquiniste. Le libraire a tellement nui à l'écrivain, et l'écrivain est si peu utile au bouquiniste qui, pourtant, gagne la vie des trois, que, pour récompenser le bouquiniste, je force l'écrivain et le libraire à lui en faire hommage. Comme la besace du philosophe Bias, elle porte ma fortune et mon honneur. Je ne pouvais faire mieux. Si le bouquiniste la vend, il vengera ainsi les trois des injures et des insultes d'un calomniateur; c'est ce qu'ils veulent et ce que je nous souhaite.

A mon tiers, le bouquiniste, hommage reconnaissant de mes deux autres tiers, le libraire et l'écrivain.

Ant. LAPORTE.
Quai Malaquais, jour de la Mi-Carême, 1893.

AVIS ESSENTIEL. — Il est bien entendu que les études, impressions, réflexions et critiques qu'on lira dans cette brochure sont absolument écrites au point de vue de la critique littéraire. Je n'ai jamais dressé mon échelle contre le mur Guilloutet ; je regarde en-deçà, mais jamais au-delà de ce mur réservé.

A. L.

LES BOUQUINISTES
ET LES
QUAIS DE PARIS
TELS QU'ILS SONT

Enfin Uzanne vint et, le premier en France,
Crébillonna si bien Voisenon et Grécourt,
Piron et Beauveset, que désormais l'amour,
Comme une fille, a pris un droit de tolérance.

BOUQUINISTES, BOUQUINEURS, BIBLIOPHILES, BIBLIOMANES ET TOUS AUTRES AMATEURS ET VIATEURS DES QUAIS,

On recommande, non pas à vos prières, le recommandé craint qu'elles ne soient pas suffisamment efficaces, dans ce cas, le nommé Ant. Laporte, bouquiniste, de son état, et écrivain, par supplément, bien connu sur le quai Malaquais, et très peu à l'Académie et dans la presse. Il vous prend pour juges des procédés du sieur O. Uzanne, à son égard et au vôtre; il aurait pu le conduire en police correctionnelle, mais, outre qu'il a pensé que la Justice était lente et coûteuse, il a espéré qu'en le livrant à votre impartial tribunal il défendrait plus utilement ses intérêts et les vôtres. Il cite donc, devant vous, lui et son livre; faites bonne et prompte justice des deux.

Ce monsieur... Octave, qui se croit homme de lettres et qui pourrait être garçon coiffeur, car il a le genre de l'emploi: cheveux en coup de vent, monocle à l'œil, chapeau tromblon sur l'oreille, canne à la main, et de plus, sur sa personne, et dans ses écrits, les odeurs, *sui generis*, qui dénoncent le merlan parfumé des salons de coiffure, cultive, avec la même passion, la galanterie fortement musquée et l'éreintement, savamment pimenté de calomnies et autres épices de même espèce. Que voulez-vous ? Il est persuadé qu'en abîmant les mâles il aura plus de succès près des emelles. Le pauvre homme, c'est de moi, dont je parle, et pas de lui, serait fort en peine si cet enfariné de la littérature des ruelles du XVIIIe siècle, l'avait de moitié autant complimenté qu'il l'a éreinté. Il serait plus embarrassé de ses éloges que de ses insultes ; heureusement qu'il lui a épargné cet embarras, ou plutôt cette honte. Car, vous savez, ce serait un honneur, pompeux Octave, si vous étiez connu, que d'être calomnié par vous. Vous le faites, avec un tel fiel d'envie et une si abondante bave de bile jalouse, qu'il suffit d'être insulté par vous pour être estimé davantage.

Votre prose, selon qu'elle distille l'éloge ou le blâme, est un thermomètre de honte ou d'estime : si elle loue, honte ; si elle critique, honneur.

Votre pamphlet me réserve, en trois endroits, une part tellement large à la calomnie et à la diffamation, que non seulement, je vous en remercie, mais qu'encore, je vous en suis reconnaissant. Je m'attendais si peu à cette agréable surprise que cette brochure n'a absolument pour but que de vous en témoigner ma gratitude.

FLANERIE-PRÉAMBULE

CE QUE PENSENT LES AUTRES D'O. UZANNE ; CE QU'IL PENSE LUI-MÊME DE LUI-MÊME ; CE QUE JE PENSE DE LUI

I

CE QUE PENSENT LES AUTRES D'O. UZANNE

Si je répétais tout ce qu'on pense et tout ce qu'on dit de lui, sur lui et de ses livres, surtout depuis le dernier, ce serait trop long ; je préfère ne citer que ce qu'on a écrit, ce sera plus court.

Un écrivain de race, trop tôt enlevé au culte des lettres, a laissé sur O. Uzanne, dans la revue politique et littéraire : *Revue bleue*, n° 21, 4 décembre 1886, p. 729, une perle littéraire de la critique la plus fine et la plus spirituelle. Il est impossible d'exécuter un *précieux* ridicule avec plus d'art et de tact, c'est ce qu'on peut appeler le *coup de grâce*... du lapin littéraire ; après cela, s'il en revient, c'est qu'il aime à être mis en civet !

« Voici la chose : M. O. Uzanne ne pensait pas à mal ; tout au plus songeait-il à tirer quelque nouveau feu d'artifice en l'honneur du *Livre* et des livres, et préparait-il quelque inédite merveille pyrotechnique, mêlant à de la poudre à canon de la poudre à la maréchale ; peut-être rêvait-il, en même temps, de marier des métaphores qui ne s'étaient jamais rencontrées jusque-là, et, qui sait ? de les marier contre leur inclination, quand un éditeur vint sonner à sa porte. « Que me voulez-vous, éditeur luxueux ? — Ce que je veux, Ruggieri ? Un lot de vos soleils et de vos chandelles romaines pour fêter la venue au monde d'un chef-d'œuvre typographique qui va faire grand bruit. Mais ce n'est pas assez de fracas ; à nous il faut des éblouissements, et voilà pourquoi je m'adresse à vous. — En l'honneur de qui mes soleils et mes chandelles ? — En l'honneur de la reliure moderne ! — Quoi ? Pas de l'âme des livres ? — Non, de leurs vêtements, de leurs atours ; vêtement, non pas de confection, s'entend, mais taillés, dessinés, brodés, passementés par les plus grands faiseurs, incontestables artistes. » Sur ces mots, M. Uzanne fit un haut-le-corps de surprise, souligné, nous raconte-t-il, en ce style pittoresque dont il a le secret, d'un rire sardonien d'une extrême inconvenance. L'éditeur ne se découragea pas cependant ; il insista même de façon si persuasive que le rire sardonien s'adoucit en sourire aimable. Ruggieri se laissait gagner. Après quelques mots de résistance pour la forme (il n'était, objectait-il, qu'un curieux de livres plutôt qu'un bibliophile, et, s'il était à la rigueur un bibliophile, il n'était nullement bibliomane ; et puis les mots techniques lui faisaient peur, et puis voyait-on en lui l'homme des traités didactiques et des manuels professionnels ?) il se rendit, vaincu et convaincu. Pourquoi ? c'est que le tentateur lui laissait le champ libre, le droit absolu de voltiger à sa fantaisie, de se détourner de la route pour cueillir la fleur qui scintille là-bas, pour tremper ses lèvres à la source qui gazouille au fond de la vallée. Il était bien entendu que la reliure moderne n'était qu'un prétexte à variations brillantes sur le sujet, et à côté, et en dehors, et au loin. M. Uzanne insista même pour que les planches magnifiques qui forment le fond de ce volume, reproductions fidèles des modèles originaux, n'exigeassent de lui aucun commentaire, pas même une allusion. Il était entendu qu'à côté du fac-similé d'une reliure de Thompson ou de Marius Michel portant la date de 1875, par exemple, M. Uzanne pourrait parler de la Guirlande de Julie offerte par M. de Montausier à l'honnête damoiselle de Rambouillet le premier jour de l'an de grâce 1633. Peut-être les bibliomanes trouveront-ils le procédé cavalier; mais, s'ils font la grimace, M. Uzanne ne s'en souciera guère. Il ne craint pas, dit-il, la férule de ces pions de la bibliophilie pédantesque, et il parera les coups avec la batte d'Arlequin, car tout ceci est une arlequinade.

« Arlequinade très agréable à voir, en tous cas, pleine de verve et de brio. Ah! le joli Arlequin que M. Uzanne, vif, leste, preste, étincelant! Cette batte en bois? Mais elle a, tant elle tournoie avec agilité, des miroitements et des flamboiements d'acier. Quelles attaques! quelles ripostes! quelles parades! Des parades et aussi une parade, puisque M. Uzanne est là pour les bagatelles de la porte. Il a été engagé pour le boniment: aussi la foule va-t-elle accourir, beaucoup pour s'extasier devant les reliures en maroquin repoussé ou les cartonnages pompadour, beaucoup aussi pour applaudir la batte. Et M. Uzanne fait tellement merveille parmi ces maroquins et ces cartonnages, c'est tellement lui qui illustre ces illustrations, que la maison du Printemps, qui aime ce qui est frais et joli comme le titre qu'elle porte, songe à employer le concours du brillant écrivain pour ses prochains catalogues.

« Excellente idée! M. Uzanne se récriera d'abord; puis il réfléchira. Que de jolies choses à dire sur l'histoire du corset, ce confident! Quelles fantaisies piquantes sur la flanelle, l'amie utile, mais sans brillant, qu'on n'invite pas quand il y a du monde! Tout un roman à bâtir sur ce parapluie léger et coquet dont on offrira la moitié les jours de pluie, et une berquinade attendrissante sur ce vaste parapluie de famille! Quel essaim d'images gracieuses, de métaphores osées à faire jaillir de tout le fouillis des dessus et des dessous! Seulement, dans la *nouveauté*, on est plus pratique que dans la reliure. On tiendra, j'imagine, à ce qu'il y ait concordance entre les illustrations à la plume de M. Uzanne et les spécimens du catalogue. Songez donc! S'il s'égayait sur la flanelle en regard des tulles et gazes pour soirées et bals, s'il prédisait gaillardement aux bas de soie les scènes dont ils seront témoins, juste à la page où s'étalent les costumes pour enfants de trois à cinq, quelle cacophonie, et comme M. Jaluzot en serait révolté! Il faudrait donc s'astreindre à parler de la cheviotte quand le catalogue arriverait à la cheviotte? M. Uzanne ne saurait accepter cette servitude. C'est ce qui fera manquer l'affaire. » (Maxime Gaucher.)

Il était impossible de donner une leçon de littérature avec plus de bon sens et d'esprit; il ne restait à l'apprenti écrivain qui s'était attiré cette cruelle correction que de retourner à sa grammaire ou que de renoncer à écrire; mais, malheureusement, O. Uzanne est trop infatué de son mérite, pour accepter un sage conseil et ne pas préférer accuser les autres d'ignorance et d'impertinente envie. J'ai cité, avec complaisance, cette critique des livres d'hier de ce Ruggieri littéraire, parce qu'elle sera encore la meilleure de ceux de demain. Il change son sujet, mais jamais son genre. Il ajuste sur des sujets divers les mêmes paroles et les mêmes airs; on retrouve continuellement mêmes arlequinades de style, semblables clowneries de pensée et pareilles excentricités de jugement: c'est la serinette qui répète, ou l'Uzannerie qui se rabâche. Il était Arlequin hier, il sera Arlequin demain; il aura peut-être une autre batte à la main et d'autre poudre sur le nez, mais il aura la même perruque, le même habit et son même éternel boniment.

II

CE QUE PENSE O. UZANNE DE LUI-MÊME

Ce que pense ce prolixe auteur de lui-même, je me garderai bien de vous en faire confidence, ce serait encore plus long à reproduire que ce que pensent et ce qu'ont écrit de lui les autres. Si vous tenez, au reste, à le savoir, vous n'avez qu'à vous résigner à lire ses livres, il n'est pas une ligne où il ne pose gracieusement moqueur, ou insolemment protecteur, devant vous. Tout lui est bon pour se faire valoir, pour se mettre en vedette : insultes à celui-ci, calomnies à celui-là ; compliments, mais rares, mais mesurés, à cet autre. Prodigue des critiques et avare des éloges, on sent qu'il craint de s'appauvrir, en dépensant un compliment, et qu'il espère s'enrichir, en prodiguant les malveillances. Une partie du portrait qu'il m'accorde trop généreusement, page 124, lui conviendrait, je crois, mieux qu'à moi : « On ne lui apprend rien, on ne lui prouve rien, on ne le détrompe pas ; il sait tout et ne se trompe jamais. On peut l'écouter ; mais le contredire, non pas. Car, dès qu'on fait mine de lui tenir tête, il vous renvoie à ses œuvres bibliographiques, que vous ne connaissez pas ; et, tant que vous les ignorez, comment voulez-vous qu'il daigne discuter avec vous ? » Modestie à part, n'est-ce pas que c'est vous que vous avez voulu peindre, en m'attribuant des *qualités* qui, sûrement, quand on nous connaît tous deux, vous conviennent mille fois mieux à vous qu'à moi ; elles vous gantent *supérieurement*, mon cher ; gardez-les, elles iraient mal à ma main, moins aristocratique que la vôtre, ô suzerain des quais. Car il est notre suzerain à nous, bouquinistes des quais ; c'est du moins ce qu'il dit dans la réclame, dont il s'encense lui-même dans l'*Éclair*, du 14 février 1893 :

« C'est un écrivain charmant et plein d'imprévu, que M. Octave Uzanne. Il n'est personne qui l'ignore. Ses monographies de l'*éventail* et autres charmantes fanfreluches féminines, ses études sur la *Française du siècle*, ses chapitres judicieux sur les *articles anciens et modernes*, tout cela lui a constitué une élégante et originale personnalité d'érudit.

« Aujourd'hui il publie un ouvrage qui est peut-être plus que tout autre celui qu'on attendait de lui... en attendant les autres : c'est la *Physiologie des quais de Paris. Suzerain* du quai Voltaire qu'il *domine du haut* de sa *véranda*, infatigable explorateur des boites qui s'étendent sur toute la ligne des parapets limitrophes, Octave Uzanne a *longuement* observé et noté dans sa *carrière* de bibliophile.

« Aussi quel amusant livre est résulté de ses promenades ! Quelle plaisante histoire du bouquinisme à *travers* les *âges*, et quel *cocassement philosophique* défilé des bouquinistes de nos jours !

« M. Octave Uzanne les a étudiés en *philosophe bienveillant*, et rares sont ses *sévérités* pour ces *curieux* et *falots* commerçants, ainsi que pour les délicieux maniaques qui sont leurs pratiques.

« Ah ! il y a de bien bons types, et bien inattendus, et nous vous engageons à faire connaissance avec eux si vous voulez passer quelques bons moments. Vous trouverez aussi de curieux détails sur les voleurs de livres, les approvisionnements des bouquinistes, etc.

« Il faut ajouter que ce *spirituel* livre est charmant et net d'exécution et *sent* bien le goût *méticuleux*, *raffiné* et bien *moderne* de l'auteur. »

Cassez votre batte, pompeux et illustre Arlequin-Octave, jamais vous ne ferez mieux ! Est-ce réussi ? un livre spirituel qui sent bien le goût méticuleux, raffiné et bien moderne de l'auteur. Sent-il des choses, ce livre charmant et net d'exécution ? Là! M. Maxime Gaucher n'a-t-il pas magistralement peint ce Ruggieri, aux soleils éblouissants, aux chandelles romaines étincelantes ? Quel morceau cocassement étourdissant que cette réclame-météore ! Quel bon prince, que ce suzerain du quai Voltaire, qui, *philosophe bienveillant*, n'a que de *rares sévérités* pour ces curieux et falots commerçants des quais !...

Dominant Octave! truculent Uzanne ! que vous êtes beau ! que vous êtes bon !... et si votre plumage... ; mais je m'empresse de vous dire ce que je pense de vous, il ne faut pas faire attendre un suzerain, même bienveillant.

III

CE QUE JE PENSE D'O. UZANNE

Ce que je pensais déjà de lui, en 1885, ne pouvant que confirmer mon opinion, de ce jour, sur lui, je m'empresse de reproduire l'article que je lui consacrais, dans mon *Histoire littéraire du XIXe siècle*, tome II, pages 10 et 11 : *Le Bric-à-Brac de l'amour*, par O. Uzanne, Paris, 1879, in-8, eau-forte de Lalauze.

« Cet ouvrage, contrefaçon fantaisiste du XVIIIe siècle, est venu au jour, muni de tous les sacrements du métier : splendide papier, beaux caractères, nombreux fleurons, lettres ornées, culs-de-lampe flamboyants, eau-forte amoureuse, préface appétissante du thuriféraire Barbey d'Aurevilly. Rien ne lui manque, pas même les congratulations *diamantées* de l'auteur. Ne pouvant demander à ma plume un dithyrambe-réclame aussi accentué que celui que l'auteur s'est décerné à titre de prospectus, je cite *ses paroles :* « M. Octave Uzanne a écrit ce livre avec *sa jeunesse :* c'est une course au clocher, pleine de fougue, d'humour, d'*esprit* et d'enthousiasme pour la femme ; c'est un bric-à-brac de style et de couleur qui révèle l'*érudit*, mais qui se ressent d'une grande indépendance de plume et de pensée. L'auteur s'y montre *lui-même* (lui-même se souligne, nous n'oserions nous accorder cette licence, nous-même, pour lui-même) sans fard, avec *son libertinage* d'imagination et son mépris des *sots préjugés ;* c'est surtout un conteur original dans une *manière* qui lui est bien *personnelle.* Il n'esquive jamais les situations difficiles et graveleuses, mais il *gaze* en *homme délicat* qui possède *merveilleusement* sa langue et qui ne craint pas de néologier, selon son mot, en méprisant l'opinion des censeurs myopes (si vous écriviez *louches*, cela serait mieux en situation), niais et momifiés dans des bandelettes rigides d'un petit savoir ; le défaut d'une telle œuvre serait d'être trop riche en *belles expressions ;* M. Uzanne écrème la langue si mignarde et si forte du XVIe siècle ; il récolte à l'hôtel de Rambouillet les plus jolis termes de préciosité ; il cueille dans les boudoirs du dernier siècle ces termes de papillotage *inventionnés* pour *diamanter* la beauté féminine : c'est dévulgariser la langue pour mieux la vulgariser. » O Millaud, génie *inventionneur* de la réclame ; ô vous tous, habiles écrémeurs des roueries phénoménales du boniment ; ô Mangins littéraires, pendez-vous, l'auteur a fait pour son *Bric-à-Brac de l'amour* ce que vous n'eussiez pas osé faire pour vous. Maintenant, beautés féminines, approchez, on va vous *diamanter*, S. G. D. G., mais par la grâce d'O. Uzanne. Franchement, il faut n'avoir jamais rencontré de vraies femmes, n'avoir jamais tenu, dans ses bras enfiévrés, que des hystériques, ou des contrebandières de l'amour, pour se vautrer aussi crûment dans des descriptions grésillantes de pétrole érotique, et se vitrioliser dans des ardeurs pareillement sataniques et enragées. Ce n'est pas, moissonneur de l'hôtel Rambouillet, papilloteur de la beauté féminine diamantée, un bric-à-brac de l'amour que vous nous offrez si brillamment et si pompeusement, hélas ! non : c'est l'égout de l'amour, dans lequel vous nous entraînez traîtreusement et fangeusement. »

Voilà ce que j'écrivais, en 1885 : certes, ce n'était pas tendre ; mais la tendance de l'auteur à se montrer sans fard, dans un libertinage d'imagination qui méprise les sots préjugés, c'est-à-dire la morale, m'avait fait penser qu'il méritait cette leçon. S'il n'était pas content, je lui croyais assez d'esprit, à ce diamanteur de beautés féminines, pour me le dire, ou l'écrire, sans me calomnier, ou me diffamer. Je me trompais, O. Uzanne était trop Uzanne pour se venger littérairement, en homme d'esprit, d'une critique littéraire. Il préféra inventer je ne sais quelle histoire de défroquement, et, d'un *trait* de plume, me débaptisant et me défroquant, en même temps, me présenta aux lecteurs du *Figaro*, sous le nom d'un certain André Laporte qui a porté la soutane. Il *inventionnait* encore, mais il ne *diamantait* plus. Il a tellement fréquenté et pillé les abbés galants que, dans son hystérie littéraire, il a fini par me confondre avec eux et me jeter leur robe au nez. Je les ai peut-être autant fréquentés que vous, quand j'écrivais ma *Bibliographie clérico-galante*, mais, tout en colligeant leurs galanteries, je ne leur ai jamais fait l'insulte de les confondre avec les vôtres.

Ils ont toujours su, dans leurs égarements littéraires, respecter, au moins, l'amour, ce que vous ne savez pas faire.

Ce que je pensais et ce que j'écrivais alors, hélas ! je le pense et je l'écris aujourd'hui d'une *manière* plus *personnelle* et avec une *plus grande indépendance* de *plume* et de pensée ; je ménageais *sa jeunesse pleine de fougue*, *d'humour*, *d'esprit* et *d'enthousiasme*, pensant que le *défaut d'une telle œuvre, trop riche en belles expressions*, se corrigerait avec le temps ; mais, on le voit, je comptais sans mon hôte : c'est un pécheur impénitent et endurci, qui se plait et se complait dans son péché littéraire. Tant pis pour lui, je n'ai pas assez la vocation religieuse pour m'acharner, malgré lui, à son salut ; je préfère le *dévulgariser*, pour mieux le *vulgariser*.

DISSECTION CRITIQUE DU CADAVRE LITTÉRAIRE UZANNE

Dans sa *Physiologie des Quais*, sorte de hotte littéraire, ce chiffonnier de la berge, ramasse avec son crochet-plume des chiffons de médisance, des loques d'anecdotes malveillantes, des tessons de plaisanterie idiote et des détritus d'ironie boueuse. Il personnalise l'épigramme jusqu'à la diffamation, et brutalise la satire jusqu'à la calomnie. Il vise à la méchanceté, mais il n'est que plat : ses facéties sont des gueuseries de gamin ; ses jeux de mots, des joyeusetés de pipelet ; ses médisances, des commérages de valet de chambre ; son esprit alambiqué... du tord-boyau.

Sa plume, commère prétentieuse et maquillée, salive, bave et rebave tous les potins des quais ; elle sait tout, n'ignore rien, invente même ; elle jute et distille le cancan d'hier, mâchonne et rumine la méchanceté du jour et mijote, dans son fiel arsénieux, celle du lendemain.

A lire tout ce travail miroitant, chatoyant, étincelant, épatant, paradant et pétaradant, on croit qu'il y a de l'esprit, de la moelle comique au moins ; on relit le mot lu, on cherche l'intention sous-entendue, on creuse la phrase, on dégage la pensée ; et, ahuri de ne rien trouver de ce qu'on cherche, de ce qu'on espérait y trouver, on se dit, enfin rassuré : Vrai ! le Bonhomme, qui savait si bien faire parler les bêtes, eût renoncé à faire parler celle-là. Où il n'y a que de la bêtise, l'esprit perd ses droits, c'est de l'uzannerie pure.

Quelle langue, Messieurs de l'Académie, mes voisins, quelle langue, que celle qu'écrit cet inventionneur de mots, ce diamanteur de perles féminines ! Où l'a-t-il apprise, dans le demi-monde ou dans le quart de monde ? Ah ! Octave ! de quel pauvre octave littéraire uzannez-vous ?

Si l'on prenait les mots pour ce qu'ils disent, ce serait déjà un livre peu délicat que le sien, mais avec un homme à insinuations perfides comme lui, étant forcé de les prendre pour ce que l'on suppose qu'ils veulent donner à penser et à entendre, c'est une mauvaise action. Il croit qu'il manquait à ma réputation de bouquiniste et d'écrivain ses cancans de boites à tout prix ; il se vante, en ce croyant, mais, comme il ne fait de tort qu'à lui-même, j'en ris de bonne rate. Je n'écris pas tout ce que je pense de lui, mais j'en écris assez pour qu'on ait le plaisir d'en penser davantage et d'en deviner bien plus.

Si infatué de sa personne, qu'on le rêve ; si admirateur de son talent, qu'on le suppose ; si appréciateur de son *érudition*, qu'on le juge ; si, si... Uzanne, qu'on le croie ; on sera toujours au-dessous de la bonne opinion qu'il a de lui-même ; on ne montera jamais jusqu'à la hauteur de sa religion pour lui. Aussi il est son Dieu, son prêtre et son fidèle, il ne se défroque jamais de sa livrée religieuse : il aura toujours la vocation de son admiration.

Ne lui dites pas qu'il a rajeuni les galanteries, lestement troussées, de Crébillon fils ; qu'il marivaude, avec une préciosité plus exquise que Marivaux, le père du marivaudage ; qu'en lui, on retrouve plus alertes, plus vifs et plus libertins, les abbés Voisenon et Grécourt, l'érotique Piron, le licencieux Mirabeau ; qu'il a les langueurs énamourées et philosophiques de Senancourt, les ironies de Stendahl, les morsures de Heine, les finesses linguistiques de

Ch. Nodier, les hardiesses littéraires de Barbey d'Aurevilly, les paradoxes ingénieux d'Al. Dumas fils, etc., oh! non, ne le lui dites pas... Il vous croirait, regrettant que sa *modestie* lui interdise de vous avouer qu'il a cela, mais avec un parfum particulier qu'on nommera littérairement... l'uzannerie.

CONCLUSION UZANNESQUE

Par ce qui précède : l'article indépendant de M. Maxime Gaucher, l'article-réclame d'O. Uzanne sur lui-même, et les impartiales appréciations que m'ont suggérées les écrits hybrides de ce roquet littéraire, on peut se former une opinion nette de son tempérament et de son faire d'écrivain. Il est impossible de le confondre avec un homme de lettres de race ; malgré ses imitations et ses contrefaçons des faiseurs en renom, on ne le regardera pas même comme un mâtiné passable. Mais, si l'on sait, dans le monde des lettrés, ce que pensent et ce que croient de lui, ceux qui, comme moi, sont forcés, par métier, de le lire, d'autres, en voyant son nom servir d'étiquette à des volumes qui se vendent, pourraient supposer, ou qu'il n'est pas sans mérite, ou que j'exagère sa prétentieuse nullité. Pour ne laisser prise à aucun malentendu, je ferais observer à ces naïfs amateurs, qu'alléchés par des réclames habiles, et que *tirés* à l'œil par des illustrations chatoyantes, ils prêtent trop facilement au triturateur littéraire qui a cuisiné cette prose, les mérites réels de l'imprimeur et du dessinateur. Dorat sauvait sa poésie avec les planches d'Eisen ; Uzanne illustre sa prose avec les dessins de nos meilleurs artistes. Je préfère encore Dorat.

HEINE JUGEANT UZANNE

Heine, dans *Lutèce*, page 54, déshabille ainsi de la façon la plus originale et la plus piquante l'esthétique de V. Hugo. « Quelqu'un a dit du génie de V. Hugo : C'est un beau bossu. Le mot est plus profond que le suppose celui qui l'a inventé. En répétant ce mot, je n'ai pas seulement en vue sa manie de charger, dans ses romans et ses drames, le dos de ses héros principaux d'une bosse matérielle, mais je veux surtout insinuer ici qu'il est lui-même affligé d'une bosse morale qu'il porte dans l'esprit. J'irai même plus loin, en disant que, d'après la théorie de notre philosophie moderne, nommée la théorie de l'identité, c'est une loi de la nature que le caractère intérieur et corporel de l'homme répond à son caractère extérieur et intellectuel... Je ruminais encore cette donnée philosophique dans ma tête lorsque je vins en France, et j'avouai un jour à mon libraire, Eug. Renduel, qui était aussi l'éditeur de V. Hugo, que, d'après l'idée que je m'étais faite de ce dernier, j'avais été fort étonné de ne pas trouver en M. Hugo un homme gratifié d'une bosse. Oui, on ne lui voit pas sa difformité, dit M. Renduel, par distraction... Il avait remarqué un vice de conformation dans une de ses hanches, la droite, si je ne me trompe, qui avançait un peu trop, comme chez les personnes dont le peuple a l'habitude de dire qu'elles ont une bosse sans qu'on sache où... Je m'amusai beaucoup de cette découverte de Renduel; elle sauve la synthèse de ma philosophie, qui affirme que le corps est l'esprit visible, et que nos défauts spirituels se manifestent aussi dans notre conformation corporelle. »

A quoi ai-je voulu en venir, en reproduisant ce déshabillé humoristique, mais cruel : à ceci, que, le critique étant, pour ainsi dire, le valet de chambre de l'esprit d'un auteur, il a le droit de l'examiner dans son négligé humain et de procéder, par synthèse philosophique, de la *vue* de ses défauts physiques à l'*étude* de ses défauts intellectuels. De là, à ce proverbe populaire : « Dans le royaume des aveugles, les borgnes sont rois », il n'y a qu'une variante qui entre dans la thèse de Heine et dans la mienne, et je la donne : « Dans le pays des louches, les myopes sont princes. » Donc, O. Uzanne, étant strabiste, comme je suis moustachu, il aurait bien tort de se plaindre de mes appréciations et de mes jugements littéraires ; un myope, et j'avoue que j'ai cette infirmité physique, a le droit de regarder de près un louche qui le regarde de travers. Au reste, vous pouvez m'être reconnaissant : je ne suis ni si sévère ni si cruel pour vous, que vous m'avez donné le droit de l'être. Qu'adviendrait-il de vous, si, pour me venger de vos insinuations, de vos calomnies et de vos diffamations, j'écrivais, *sur vous*, tout ce que je pense sur tout ce que vous pensez de vous. Nulle gravité n'y tiendrait, tous les quais partiraient dans une hilarité générale ; Voltaire en p... oufferait sur son piédestal ; l'Académie, que vous guignez de l'œil... s'esclafferait sous sa coupole ; tout le monde, jusqu'à votre concierge, se tordrait, et votre miroir même, que vous consultez si souvent,

Pour réparer des yeux l'irréparable outrage,
Et qui ne reproduit, qu'en louchant, votre image,

protesterait, contre tous ces rires, par les grimaces les plus désopilantes ; mais je n'écris pas pour faire rire, j'écris

Pour réparer des quais le réparable outrage,
Et vous prouver que, seul, doit vous lire Le Sage.

PROLÉGOMÈNES HISTORIQUES

Monomanie d'O. Uzanne, ou mon débaptême et mon défroquement; il accepte mon baptême, mais il ne peut se résigner à mon défroquement; comment je suis baptisé et pourquoi je ne suis pas défroqué.

MONOMANIE D'O. UZANNE, OU MON DÉBAPTÊME ET MON DÉFROQUEMENT

Chaque homme, presque, se singularise par une particularité quelconque, par un tic physique, moral ou intellectuel spécial; c'est, en quelque sorte, une verrue signalétique qu'on nomme généralement : monomanie. La monomanie d'O. Uzanne, c'est de dénigrer *per fas et nefas* tous ceux qui lui ont été utiles, et d'éreinter impitoyablement ceux qui peuvent lui porter ombrage. Pour ne pas multiplier les exemples, je n'en veux citer que deux, pris dans sa *Physiologie des Quais*. « Jules Janin, page 4, ce ventripotent rentier du succès, qui a pu accumuler dans un ouvrage, intitulé *Le Livre*, toutes les fadaises de ses connaissances *escamotées* et tous les coq-à-l'âne de sa *superficialité* heureuse, a également versé quelques larmes de *crocodile* sur la disparition du vieil étalagiste du bon temps. Au cours de ces hypocrites doléances, le bon J. J., traducteur d'Horace, s'est laissé aller à tracer un sentimental portrait du bouquiniste, à la manière de Ducray-Dumesnil, qui eût assurément mérité l'insertion en belle page au *Musée des Familles.* » Pourquoi toute cette ire, chargée de dynamite bilieuse, contre le prince des critiques ? Vous ne devinez pas! Cet infortuné J. Janin a eu le tort de naitre et surtout de faire naître son ouvrage : *Le Livre*, avant la revue mensuelle : *Le Livre*, qui a *escamoté* son titre à celui du bon J. J. Il l'appelle escamoteur parce que c'est lui-même qui l'a escamoté.

Passons au second exemple : il vaut le premier. « M. de Resbecq, page 10, a entrepris ses *Voyages littéraires sur les quais de Paris en* 1857... ; il a plongé ses besicles au fond des boîtes à quatre sols, et, sans rien voir autour de lui, il n'est parvenu à retirer de ses pérégrinations qu'une sorte de cours de littérature capable de donner la migraine à tous les petits-fils de l'ennuyeux La Harpe... Mais, je puis le dire au risque d'offenser sa personne, s'il vit encore, *alors* qu'il *n'entre dans mes vues que de blesser son ombre* (précieux aveu ! il aime mieux avoir affaire à son ombre, qui n'en peut mais..., qu'à sa botte qui pourrait entreprendre un voyage jusqu'à ses deux hémisphères), M. de Resbecq, qui n'était pas pédant à demi, ne comprit goutte aux suggestions de l'air *ambiant* et au groupement des êtres et des choses ; il se mit à notarier l'esprit des vieux livres, en le gâtant de sa prose soporifique ; il écrivit les *Provinciales de la bouquinerie* avec un jansénisme aride et sans le moindre attrait. Jamais titre aussi charmant qu'il adopta ne couvrit une aussi fade marchandise, et ce *Voyage littéraire sur les quais de Paris* semble commencer dans un grenier rempli de livres dépareillés, pour se terminer dans un caveau démeublé où le lecteur effaré lutte contre l'inquiétant coma qui l'envahit. »

Comme l'ombre souriante et douce de Fontaine de Resbecq, car, depuis longtemps, il n'est plus qu'une ombre qui a quitté les quais de la Seine pour franchir ceux de l'Achéron, doit rire et disserter de cette jalouse diatribe, avec les ombres spirituelles et frondeuses de Ch. Nodier, de P. Lacroix, de X. Marmier !... Ce livre vous gêne, vous le traitez de soporifique ; cet auteur se trouve sur votre chemin, vous le jetez par-dessus les bords de la

Seine et vous le noyez. Tudieu ! Monsieur, quel terrible nihiliste vous faites ; si vous continuez ainsi à tirer toute votre artillerie contre ceux qui ont le malheur d'être pillés, escamotés, contrefaits et imités par vous, et de ne pas vous en remercier ou vous admirer, bientôt il ne vous restera plus ni un acheteur ni un lecteur.

Ces deux exemples me permettent d'en arriver à un troisième et de confirmer ainsi l'accusation de monomanie que je porte contre le sieur O. Uzanne.

C'est moi malheureusement qui fais les frais de cet exemple ; j'eusse voulu me les épargner, mais je suis visé, depuis près de quinze ans, avec une si mauvaise foi et une telle persistance d'insinuations perfides et de calomnies, par ce monsieur et ses acolytes, que je comprends, si je continuais à me taire, qu'ils prendraient mon silence ou mon mépris, pour de la faiblesse, de la honte ou de la frayeur. Après l'*erratum* mesquin, que, forcé, la loi sur la gorge, le *Figaro* a cru devoir accorder à mes réclamations contre vos calomnies, et surtout, après vos persistantes et nouvelles insinuations, dans trois passages divers de votre *Physiologie des quais*, pages 111, 124 et 249, où vous vous ébaudissez à mes dépens, avec les braiments les plus sonores, j'ai le devoir et le droit de me défendre. Tant pis, si mon bâton casse votre batte d'Arlequin et frotte, d'un peu près, ce que Barbey d'Aurevilly nommait des reins récalcitrants.

Une insinuation perfide est toujours plus dangereuse qu'une accusation directe et formelle : on peut faire condamner l'une, on ne peut que protester contre l'autre ; on a la loi contre le fait, on n'a que sa parole, et pas toujours, contre l'intention malveillante. Donc, celui qui insinue est plus coupable et plus lâche que celui qui accuse.

Si je disais, par exemple, qu'O. Uzanne est marié, qu'il est ce que sont bien d'autres comme lui, mais qu'au lieu de s'en consoler ou de s'y résigner comme beaucoup de ses confrères, il présente partout des cornes menaçantes et meurtrières ; si j'ajoutais que, fréquentant les contrebandières de l'amour, les fausses vestales du feu sacré du foyer domestique, il les confond, dans ses œuvres galantes, avec les femmes honnêtes, ces représentantes honorées des traditions de la famille, je serais un calomniateur ou un diffamateur, selon la vérité ou la fausseté du fait. Mais qu'il *écrive, lui,* « qu'une grosse brune, page 111, de caractère méridional, sa femme, sa sœur ou sa fille, nous ne savons trop, m'assistait alors chaque jour sur les quais. Peut-être y est-elle encore ? » Ce n'est ni médisance, ni calomnie, ni diffamation, c'est une fantaisie spirituelle, un caprice d'écrivain qui s'amuse et qui veut amuser.

N'allez pas lui objecter que de ne pas savoir, lorsqu'il serait si facile de ne pas l'ignorer, que la même femme ne pouvant être, en même temps, votre femme, votre sœur et votre fille, c'est pis que d'être cocu ou galant de trottoir, il vous répondrait, s'il daignait vous faire cet honneur, qu'il s'en bat son œil... le plus louche, et que, pourvu qu'il vous ridiculise ou vous salisse près de ceux qui vous achètent et vous font vivre, c'est l'essentiel *pour lui.*

Me présenter comme le père, le frère et le mari de ma femme, légalement c'est fort ; et je me demande, puisque cela me vaudrait le bagne, si c'était prouvé, ce que cela lui vaudrait, s'il ne pouvait le prouver. Or vous *savez*, l'*inventionneur* de pas mal de choses sales, que ma femme était la fille d'un officier supérieur, une ancienne élève de la Légion d'honneur, et que, courageuse, énergique et digne, dans cet humble métier de bouquiniste, elle a su se faire aimer et estimer d'une clientèle toujours respectueuse. Et maintenant, pour en finir avec cette plate infamie, car ma plume tremble de colère et d'indignation, si vous avez la maladie de l'insulte et la folie de la calomnie, insultez-moi, calomniez-moi, mais au moins respectez-la dans la mort. Ce n'était pas une Mimi Pinson, Monsieur !... comme vous le dites de l'associée d'un certain Boucaer, ex-notaire en herbe, ex-sous-bouquiniste par tolérance, rond de cuir par privilège et votre collaborateur-complice par choix. Saluons !

A propos du banquet des bouquinistes, payé sur un legs de M. Marmier, banquet auquel je n'assistais pas, quoi qu'en aient dit certains journaux et que répète le factum d'O. Uzanne, ce chroniqueur d'aventure écrivait, dans le *Figaro* du 21 novembre 1892 : « Le quai Malaquais se glorifie d'un des premiers bibliographes du temps, A. Laporte, qui tient ses assises devant les Beaux-Arts et qui ne serait pas plus fier devant l'Institut... Ce défroqué — car *André* Laporte a porté la soutane — mériterait tout un chapitre à lui seul ; c'est un personnage plein d'importance et de saveur. » Sur la production d'un congé de libération de service du 27 décembre 1863 et sur un bulletin de mariage religieux du 2 janvier 1873, le *Figaro* du 27 novembre 1892 m'accordait ce maigre entrefilet comme rectification : « L'auteur de l'*Histoire littéraire du* XIXe *siècle*, M. A. Laporte, a été par *erreur qualifié* de *défroqué* dans l'article publié sur les bouquinistes. Il n'est jamais entré dans les ordres et a fait, au contraire, pendant sept années, son *service militaire* dans l'*armée.* »

Débaptisé dans cet article, car je m'appelle Antoine et non André, et qualifié de défroqué, je me croyais, et bien d'autres l'eussent cru comme moi, après constatation de ces pièces, rétabli dans mon nom de baptême et débarrassé à tout jamais d'une soutane que je n'ai jamais portée. Ah ! bien oui, on peut s'attendre à tout d'O. Uzanne, excepté à une phrase correcte, à un style français et à une appréciation littéraire loyale et consciencieuse.

UZANNE ACCEPTE MON BAPTÊME, MAIS IL NE PEUT SE RÉSIGNER A MON DÉFROQUEMENT

On n'est souvent quelque chose que par le mal qu'on fait ; à ce titre, O. Uzanne, qui ne sera rien par les nombreuses déjections qu'il a vomies, dans un certain public, sous les titres de *Bric-à-brac de l'Amour*, de *Sa Majesté la Femme*, de la *Femme* et de la *Mode*, de l'*Éventail*, de l'*Ombrelle*, de la *Reliure moderne*, etc., sera quelque chose et beaucoup pour le mal qu'il a dit, écrit et fait dans la *Physiologie des Quais*. Pour juger l'*esprit* de ce livre, on pourrait prononcer, sans crainte de trop se tromper, ce diagnostic littéraire : Ceux dont il dit au mal, on doit en penser du bien ; ceux dont il dit du bien, le mieux est de se taire ; et ceux dont il ne dit ni bien ni mal, il avait de si bonnes ou de si mauvaises raisons de ne pas en parler, qu'on ne peut que regretter de ne pas les connaître. J'appartiens à la première catégorie, à celle dont il dit du mal, heureusement pour moi, car, s'il disait autant de bien, je me croirais sérieusement compromis et presque déshonoré. Je reproduis textuellement les éreintements de mon fielleux détracteur, convaincu que le plus sûr moyen de prouver sa persistance à me défroquer et, par conséquent, à me nuire, c'est d'étaler sa prose squameuse.

« Citons Laporte, page 111, que nous retrouverons bientôt, Laporte, dont on estropie le nom, et qu'on appelle encore l'Apôtre, non pas en souvenir de la première vocation qu'*on* lui *attribua*, car il ne fut jamais un défroqué, mais parce qu'il publia la *Bibliographie jaune*, la *Bibliographie clérico-galante*, sous le nom de l'Apôtre bibliographe. Sa marque d'éditeur montrait, imprimés, au-dessous d'une porte entr'ouverte, ces mots singuliers : A. Laporte, la porte. Un vrai type celui-là, avec sa mine importante de *P. Hyacinthe Loyson* moustachu, toujours couvert de son chapeau, la bouche amère, l'air mécontent et rogue... et disert et bavard... une vraie bénédiction. » Tout cela ne va guère ensemble : bouche amère et *disert* et *bavard*, l'air mécontent et rogue... une *vraie bénédiction*. Mais ce littérateur, habitué à marier des mots plus rebelles et plus irréconciliables, ne s'embarrasse pas pour si peu.

« Le quai Malaquais se glorifie d'un des premiers critiques littéraires du temps, bibliographe de haute volée... Nous voulons parler d'*Antoine* Laporte, déjà nommé dans le précédent chapitre. Sans dédaigner le lustre que donnent les lieux ambiants, il sait, à n'en pas douter, qu'il porte en soi la source de son éclat et de son rayonnement (il sait ce qu'il a voulu écrire ; moi, je ne comprends pas ce qu'il veut dire). Il en est, d'ailleurs, ménager, et ce n'est pas sur le premier acheteur venu qu'il versera le flot de ses lumières (quel *fiat lux !*). Il ne se *commet* qu'avec ceux en qui il croit sentir des érudits sérieux (c'est pour cela que je ne l'ai jamais senti), des amateurs ayant de la science et du goût. Ce n'est qu'avec ceux-ci, en effet, qu'il a plaisir et honneur à triompher, et il triomphe toujours... »

« Parmi ceux, page 249, qui sont à la *tête* des *mécontents*, il existe, c'est curieux à dire, un ex-libraire instruit et se *gobant* démesurément (ne le nommons pas, il *nous lancerait une bulle d'excommunication bibliographique*, sous forme de brochure ou d'article difficile à placer) ; ce grand *apôtre de la religion* du bouquin a dégringolé de sa boutique au quai, et c'est peut-être par rancœur qu'il a voué une telle haine à ses anciens collègues. Elle était, du reste, peu propre, son ancienne échoppe, non loin de l'hôpital de la Charité ; il y fallait subir, en dehors d'une odeur de crasse et de morsures d'infiniment petits pullulant sur le sol, la conversation fastidieuse du grand *Lama* bibliographe, *prêchant* contre la sottise du temps. Il y a bien quinze ans de cela — quelques-uns s'en souviennent, — le maître de céans était *alors, toujours et quand même racolant à la porte.* »

Cette monomanie d'Uzanne à me défroquer deviendrait presque la mienne, en sens inverse, si je persistais plus longtemps à la lui prouver. Je signale seulement : — un P. Hyacinthe Loyson moustachu, — lancerait une bulle d'excommunication, — ce grand apôtre de la religion, — prêchant contre la sottise du temps ; phrases ou expressions accentuant son intention malveillante de m'accoler et de me racoler dans le régiment de la soutane. Il ne me déplait pas d'être comparé au P. Hyacinthe Loyson ; son talent d'orateur mérite considération, et je doute fort que les milliers d'inepties étranges et grotesques que pond tous les jours Uzanne vaillent jamais une seule phrase d'une des conférences du célèbre carme.

En recopiant, dans leur ensemble, ces appréciations, *infusées* et *quintessenciées* de haine et d'envie, qui, tout en ayant l'air de *flamber d'enthousiasme* pour moi, ont la prétention de me vitrioliser, *n'eussé-je contemplé*, page VIII, que la *façade trompeuse de votre moralité*, que ce serait déjà rendre service aux lettres en vous signalant à l'indignation et au mépris des honnêtes écrivains. Tout acte doit avoir un but, bon ou mauvais ; or, le livre est un acte ; quel est le but de votre livre ? Est-ce un bon acte ? non, puisqu'il diffame, calomnie, dénigre, ou dénature presque continuellement la vérité. Votre but est mauvais, vous avez sciemment commis, à votre bénéfice, une œuvre mauvaise aux autres et que vous avez crue, à tort, bonne pour vous. Le but de la vie n'est pas de se dévouer à soi, mais de se dévouer aux autres ; le but, c'est d'être bon à quelqu'un, pour être bon à quelque chose ; ou bien on n'est *bon* qu'à faire le mal, ou, comme dit le peuple, bon à rien. Vous attribuez beaucoup trop à vous-même tout le bénéfice de vos actes, pour que vos livres égoïstes, vaniteux et prétentieux ne soient pas des œuvres sottes, impertinentes et mauvaises. Vous seul pouvez les voir et les juger d'un bon œil, et encore duquel ? celui de droite ou celui de gauche ? Pour être juste, mettons que les deux se valent... en littérature.

Il m'eût été difficile de me défendre de ses éloges, ils m'eussent péniblement gêné, mais, bien qu'il me soit facile de confondre ses étranges attaques, je ne peux m'empêcher de me demander par où j'ai pu m'attirer cette attention, cette distinction ? J'avoue que je l'ignore et que je ne vois rien, dans ma vie, dans ma conduite et dans mes écrits, qui puisse être suspect de mauvaise intention, d'ambition, d'intrigue, de vanité et de partialité, ni faire ombrage à personne. Est-ce haine personnelle d'O. Uzanne ? Est-ce basse jalousie ou plate envie ? Je le croirais, d'autant plus volontiers, que je ne trouve aucune raison, si on peut appeler cela raison, pour expliquer l'éreintement grotesque et ridicule qu'il s'efforce de m'administrer dans son factum bouquinier.

Il en use, au reste, avec tout le monde, avec un tel sans-gêne de médisance et un sans-façon si impertinent de dénigrement, qu'on le plaint plus qu'on est étonné ou indigné. Pauvre lui ! comme il doit souffrir de cette érection continue d'exacerbation. Ce n'est pas un état naturel que cette fièvre de divagation furieuse et que cette surexcitation aiguë et continue de *delirium tremens*. On souffre presque autant de ses rares éclats d'enthousiasme que de ses nombreuses et inconscientes pétarades de colère et d'insultes. Il a l'éloge plus pénible et plus douloureux que l'insulte, c'est l'avare qui a peur de dépenser un sou et qui craint de se voler un centime : il préfère, pour *entretenir* sa réputation, voler celle des autres. Il a la scrofule de la critique. En ce disant, je ne l'accuse pas, je l'excuse ; il obéit à sa nature, il en est la victime ; il n'écrit que ce qu'il peut écrire : le style, c'est l'homme. Buffon qui, dans sa ménagerie, n'a oublié qu'une bête, le chien de l'aveugle, ne pouvait oublier ce... type louche.

COMMENT JE SUIS BAPTISÉ ET POURQUOI JE NE SUIS PAS DÉFROQUÉ

On naît peut-être écrivain, à la façon d'Uzanne, je signale le fait, je ne le discute pas ; mais on ne naît pas juif, catholique, ou protestant, on vous inscrit tel, et après vous restez ainsi ou vous devenez autrement, c'est votre affaire ; mais il y a, dans cela, deux choses que vous ne pouvez changer : votre prénom et votre nom. A ma prime arrivée en ce monde de misère, on *m'a fait* Antoine ; pourquoi me faites-vous, de votre autorité privée, André ? Pourquoi ? sinon que, ne sachant rien de moi, de mon passé, de ma vie, vous me débaptisez, avec la même désinvolture que vous me défroquez. Vous m'eussiez, tout aussi bien, fait Turc, eunuque, lama, si cela eût pu corser plus avantageusement vos critiques contre moi. Donc, bien que je ne tienne pas plus à ce prénom, que je n'ai pas choisi, qu'à tout autre, je m'appelle Antoine, comme vous vous nommez Octave. Si le mien, rappelant un certain souvenir religieux, vous semble ridicule, le vôtre, s'adaptant à une mesure musicale, que vous ne franchirez jamais en littérature, me paraît tout aussi drôle. Nous voilà quittes... en prénoms... catholiques, tous deux, n'est-ce pas ?

Voyons si, en fait de défroquement, nous pouvons nous entendre. Vous m'avez défroqué, je sais dans quel but, mais j'ignore sur quel dire ou sur quelles preuves vous avez pu le faire ? Déjà, dans votre premier numéro du *Livre*, en 1880, à l'occasion d'une critique sur ma *Bibliographie clérico-galante*, un apprenti bibliographe, qui signe F. D., essayait contre moi une tentative de défroquement. Cette insinuation, au moins de mauvais goût, était d'autant plus gratuite, qu'il était plus facile au *jeune* écrivain, par sa situation administrative, de s'assurer du bien-fondé de son dire. Au reste, je ne lui en veux pas, je lui ai payé cette dette... de reconnaissance, en plus d'un endroit, dans mon *Histoire littéraire du* XIXe *siècle;* il les a lus, c'est l'essentiel. Ce défroquement, on le voit, n'est pas chose nouvelle, mais jamais il n'avait pris les proportions qu'O. Uzanne lui a données dans le *Figaro* et dans sa *Physiologie des Quais.* Il est temps de remiser enfin cette robe avec ou sans couture ; j'en ai assez. Je me contente, encore cette fois, d'infliger à mon défroqueur cette douche littéraire, mais, s'il y revient, je lui promets une forte camisole légale, non pas, sous forme de bulle d'excommunication bibliographique, mais sous forme, moins religieuse, d'exploit d'huissier, en police correctionnelle.

J'ai besoin de gagner ma vie, puisque, comme vous le dites galamment et délicatement, j'ai dégringolé de l'*échoppe* du libraire au quai du bouquiniste ; par conséquent, je n'ai ni le temps ni l'argent nécessaires pour vous faire rentrer dans la g... bouche, vos insultes et vos calomnies. A l'avenir, je vous en préviens, vous en ferez les frais devant la loi.

La raison pourquoi je ne suis pas défroqué est bien simple, je n'ai jamais été ensoutané, et bien facile à prouver, j'ai été sept ans soldat au 97e régiment de ligne, comme en fait foi mon congé de libération de service du 27 décembre 1863, et j'ai été marié *religieusement*, comme le certifie un bulletin de mariage de la paroisse de Saint-Germain-des-Prés, 2 janvier 1873. Or, tout le monde le sait, un *défroqué* était autrefois dispensé du service militaire et n'était jamais admis, par l'église, à contracter un mariage religieux. Je tiens à la disposition de M. O. Uzanne, à celle de ses amis et, par-dessus le marché, à celle de mes ennemis, ces pièces probantes et irréfutables contre leurs diffamations et leurs calomnies. Je ne suis pas curé de votre paroisse, et je le regrette, car j'aurais plaisir et satisfaction à vous entendre en confession et probablement à vous refuser l'absolution. Si vous ne pratiquez pas mieux vos autres obligations de *chrétien* que vous ne pratiquez la mansuétude et la charité à l'égard de votre prochain, je crains bien, que, malgré votre morale assez relâchée, qui vous fait dire, page IX, que nos faiblesses (à nous, bouquinistes) mériteraient l'absolution en vertu des principes de la plus haute et de la plus clémente théologie, vous n'obteniez jamais la vôtre et que vous ne trépassiez dans l'impénitence finale.

SI MA MOUSTACHE PROUVE MON DÉFROQUEMENT SA BARBE NE PROUVE PAS SON TALENT

Mais, au fait, si vous avez trouvé, excellente pour moi, la plaisanterie de mon défroquement et de ma ressemblance avec le P. Hyacinthe Loyson, qui *aurait* ma moustache en moins, veuillez également trouver, bonnes pour vous, les analogies historiques, littéraires, physiologiques, etc., que m'inspire votre *ressemblance barbue* avec certains personnages, tout aussi barbus que vous. Oui, vous portez toute votre barbe, je crois; Alexandre la portait; César, aussi; Néron, également; V. Hugo, de même; Eiffel en a une belle, dit-on. A quel porteur de ces barbes pouvez-vous bien ressembler? A Alexandre, à César? Malgré toutes les conquêtes galantes que vous semblez vouloir vous attribuer et les triomphes féminins que vous rêvez, vous ne serez jamais aussi grand par les femmes qu'ils le sont eux par les hommes. A Néron ? Non, vous êtes peut-être aussi méchant mais moins puissant; il a brûlé Rome, vous ne brûlerez que votre prose. A V. Hugo ? Vous maltraitez certes la grammaire et la langue plus que lui, mais vous le faites tellement en petit, que tous vos poils ne vaudront jamais un seul des siens. A Eiffel ? Vous rêvez peut-être de faire aussi haut, mais vous ne dépasserez jamais le haut de vos chausses. Il nous voit si petits, ce grand Uzanne, des hauteurs où sa vanité l'emporte, qu'à peine il nous distingue à l'état d'infiniment petits animalcules pullulant sur le sol. Toute barbe bien examinée, vous ne ressemblez à aucune, et aucune ne voudra vous ressembler.

DE CE QUE J'AI ÉTÉ SOLDAT IL NE S'ENSUIT PAS QU'IL L'A ÉTÉ

J'ai mis à votre disposition mon congé de soldat, pourriez-vous en montrer autant ? Dans quel corps avez-vous servi ? dans celui du génie ? j'en doute ; dans l'artillerie ? vous ne le prouvez guère ; dans l'infanterie, dans la cavalerie, dans la marine, dans la boulangerie, dans l'infirmerie ?... Sûrement, il y en a là pour tous les goûts et pour toutes les dispositions ; mais, s'il vous avait fallu faire un choix, il est probable que, plutôt que de vous résigner à manger, sept ans à la gamelle, vous eussiez préféré bravement être enfroqué d'abord, quitte à vous défroquer plus tard. Ceux qui, comme vous, font de leur plume une escopette, un couteau ou une lavette n'ont jamais tenu une loyale épée ou porté un fusil français.

Au lieu d'appuyer autant sur les réflexions que m'imposent la mauvaise foi et la malveillance d'O. Uzanne, je devrais glisser rapidement sur ma défense, j'en conviens ; mais il m'a été si pénible de sortir de mes habitudes de travail et d'isolement qu'il m'est impossible d'y rentrer, avant d'en avoir complètement fini avec ce calomniateur.

Il n'avait qu'à se taire et il nous rendait service à tous deux ; il m'épargnait l'ennui de le lire et la peine de lui répondre. Mes livres et mes brochures, que je pourrais appeler des armes de combat, ne sont pas des attaques, ce sont des ripostes. Je me défends, mais je ne provoque pas. Ma *Bibliographie clérico-galante* répondait, en 1879. à la dénonciation d'un chanoine et de L. Veuillot ; les *Etienne Magnuskisés* signalaient, en 1889, les *dilapidations* budgétaires du directeur d'une école professionnelle ; les *Bouquinistes et les quais de Paris, rendus à leur vraie physionomie*, me vengent et vengent mes collègues des accusations d'un calomniateur. On le voit, quoi qu'on en dise, je n'agite pas, on m'agite ; je ne mène pas, on me mène ; je ne hais pas, on me hait ; je n'envie pas, on m'envie... En un mot, j'aspire au repos, et on me jette en pleine et continuelle lutte Que me veut-on enfin ? Est-ce que je gène quelqu'un, en gagnant péniblement ma vie, plus péniblement et moins lucrativement que le cantonnier, mon voisin, qui n'a que le souci de son balai ; ma plume est plus lourde, mon travail plus long et ma paye plus légère. Ah ! vous m'enviez. Eh bien ! pour ma vengeance, je vous souhaite autant... de chance, à vous qu'à moi ; mais, comme vous la méritez mieux, je suis sûr que vous ne l'aurez pas.

UN GRAND LAMA BIBLIOGRAPHE ET UN GRAND PONTIFE ÉROTICO-LITTÉRAIRE

Nous sommes, Uzanne et moi, de très vieilles connaissances ; je l'ai vu, presque à son débarquement de l'Yonne, venant d'Auxerre ou de Sens, il y a quinze ou vingt ans ; il n'était pas tout à fait alors l'érudit intuitif, l'écrivain du genre féminin, le hableur littéraire et le gobeur de soi-même qu'il est aujourd'hui ; il était, le croira-t-on, presque modeste et naïf ; il laissait entendre qu'il ignorait bien des choses qu'il ne serait pas fâché de savoir ; il aspirait à devenir beaucoup ; le voyage en avant ne l'effrayait pas absolument ; mais il ne savait sur quel pied partir et même au juste où aller. Certes, il y avait de la matière en lui ; ça ne manquait pas ; mais cette matière serait-elle vase ou cruche, pot ou statue ? Vraiment, il ne savait... Je fus alors, ingrat Octave, votre confident le plus patient et le plus résigné, votre éducateur le plus désintéressé, votre conseiller le plus courageux ; je vous donnai, sans compter, mon temps, ma peine et un peu mes connaissances (vous excuserez bien, en raison des motifs, cette légère prétention) à votre entier profit et à mes dépens. Ne vous inscrivez pas en faux contre ces *souvenirs*, car comment expliqueriez-vous, en ce cas, votre patience à écouter la *conversation fastidieuse du grand Lama bibliographe, prêchant contre la sottise des temps* et vos bonheurs d'expression quand vous rendez l'*odeur de crasse de son échoppe* et que vous peignez si vigoureusement *les morsures d'infiniment petits pullulant sur le sol* ? On n'accepte pas de gaieté... de cœur, tant de mésaventures cuisantes et désagréables pour le plaisir artistique de reproduire la physionomie d'un *intérieur* de libraire-bouquiniste, indifférent au public. Il fallait, ou vous taire, ou confesser les services que vous me devez ; vous avez préféré me calomnier. Décidément, j'ai perdu mon temps, ma peine et mes connaissances ; vous n'êtes pas une statue, vous êtes... Uzanne.

Je suppose, pour se défendre d'être venu souvent chez moi et d'être mon obligé, que ce monsieur à l'*Éventail* le nie ; alors, est-ce par le moyen de l'hypnotisme, du magnétisme, du spiritisme, qu'il a vu ce qu'il décrit, qu'il sait ce qu'il raconte et qu'il *affirme* ce qu'il écrit ? Si oui, il n'a qu'à ouvrir boutique de *renseignements* sur le passé, le présent et l'avenir ; il sera plus fort comme somnambule que comme écrivain, par conséquent il gagnera davantage, ce qu'il cherche et ce qu'il veut ; sinon, c'est vrai, et c'est de la diffamation ; c'est faux, et c'est de la calomnie ; et, dans les deux cas, de l'ingratitude. Je vous défie de sortir de là, bel Octave, vous êtes un hypnotisé ou quelque chose de pareil, ou un diffamateur, un calomniateur et un ingrat.

LA GUERRE DES PUCES BIBLIOGRAPHES ET DES P..X ÉCRIVAINS

A ce sujet. à votre sujet, veux-je dire, je me rappelle avec plaisir un passage de P.-L. Courier, que je lis plus volontiers que vous : « La police, écrit-il dans sa deuxième lettre adressée aux anonymes, me dénonce comme un homme profondément pervers ;... mais le procureur du roi m'accuse de cynisme, sait-il bien ce que c'est, et entend-il le grec ? Cynos signifie chien ; cynisme, acte de chien. M'insulter en grec, moi helléniste juré ! J'en veux avoir raison. Lui donnant grec pour grec, si je l'accusais d'*anisme*, que répondrait-il ? Mot. Il serait étonné. Quand il me donne du chien, si je lui donne de l'âne, pourvu toutefois que ce ne soit pas dans l'exercice de ses fonctions, seronsnous quittes ? Je le crois. »

O Uzanne, ingrat Uzanne, si, suivant l'exemple de P.-L. Courier, pour les puces que vous me donnez, car je présume que vous voulez parler de cet intéressant parasite qu'ont poétisé les admirateurs de la puce de Mlle Desroches, je vous donnais des poux, comme il donnait, lui, de l'anisme pour le cynisme, qu'on lui attribuait, que diriez-vous ? Si j'avais les premières bêtes pour compagnes, pourquoi n'auriez-vous pas les secondes comme compagnons ? Qu'en pensez-vous ? Sommes-nous quittes ? je l'espère.

On est toujours puni par où l'on a péché : vous avez péché contre mes puces, en les exhibant, malgré elles, effrontément et imprudemment devant un public frondeur ; elles s'en vengent, ces pauvres bêtes, en vous mordant jusqu'au sang. C'est votre faute et non la leur ; elles ont de l'amour-propre et elles ne craignent pas, à l'exemple du célèbre vigneron de Véretz, d'accuser vos poux d'ingratitude et de calomnie. Qu'ils s'arrangent, eux et lui, comme ils l'entendront, me disent-elles, en aiguisant leur aiguillon le plus acéré contre vous, mais qu'ils ne se permettent plus de venir troubler notre modeste ménage de puces à bouquiniste et d'essayer d'aigrir nos douces relations avec vous. Puces civilisées, et même un peu littéraires, nous ne piquons que nos ennemis ; s'il a peur de nous, qu'il nous laisse tranquilles ; mais s'il veut... la lutte, qu'il dresse ses poux, et nous verrons, malgré notre répugnance à nous mesurer avec de pareils adversaires, à qui restera la victoire ? Les paris sont ouverts : qui pour les poux ? qui pour les puces ? qui pour le publiciste ? qui pour le bouquiniste ?

J'en ai fini *personnellement* avec O. Uzanne, je lui abandonne ma robe de défroqué ; il pourra, s'il veut, la *consacrer* à l'élevage de ses poux.

COMMENT IL ENTEND ET EXPLIQUE LES ORIGINES DE LA BOUQUINERIE

Le monographiste des quais fait remonter l'origine des bouquinistes, *à travers* les âges, jusqu'aux Phéniciens, aux Grecs et aux Romains, c'est-à-dire qu'il fait exister les marchands plusieurs siècles avant la marchandise ; on vendait des livres, avant de les imprimer. Les *librarii*, dont vous parlez, étaient des copistes de manuscrits qui, dans leur *libraria taberna*, vendaient des copies de manuscrits; le *bibliopola*, vendeur de livres, *librorum propola*, n'est venu que plus tard; mais tous deux n'ont rien de commun avec le bouquiniste, qui ne remonte pas plus haut que le commencement de ce siècle. Son nom même est tout récent, dans la signification actuelle, qu'on lui donne, car avant on désignait ainsi le chercheur de vieux livres : *viles et cariosos libros evolvere*: le remueur de vieux livres qui sentent le relent (le bouc) : *cariosi codices situm redolentes*. Je prie mes collègues de me pardonner toute cette science bouquinière, mais je tenais à prouver à notre historien, habitué à traiter les hautes et graves questions de l'éventail et de l'ombrelle, que ces études, qui sentent le vieux bouquin, ne peuvent convenir à un auteur musqué, maquillé, *diamanté*. Ces recherches sur les bouquinistes, à travers le passé, — dans l'antiquité, — chez les Romains, — sous les portiques de Rome, — les trouvères qui remplacent les vendeurs ambulants des littératures anciennes, — les échoppes des ruelles du vieux Paris, — les débitants de livres du Pont-Neuf — les revendeurs de livres du XVIIe et du XVIIIe siècle, etc., tout cela, certes, est intéressant et très savant, tellement savant que jamais autant de science n'entrât et ne sortit du cerveau d'O. Uzanne. Aussi, on ne peut expliquer cette érudition compacte, ce style correct et sobre, cette convenance des idées et cette modération de langage, qu'en attribuant cette partie, la meilleure du livre, qu'à la collaboration modeste et effacée de M. B.-H. Gausseron. Malheureusement, à propos des bouquinistes et des quais, ces études historiques ne sont pas ici à leur place. A ce compte, si on acceptait et si on tolérait, à tout propos et hors de propos, toute matière qui, de loin ou de près, pourrait s'adapter à un sujet, que n'écrirait-on pas? Ainsi, parlant d'une reliure en veau, en maroquin, en peau de truie, etc., pourquoi ne pas faire l'historique du veau d'or des Hébreux, du mouton de Panurge de Rabelais et du cochon de saint Antoine? Je parie, rien que sur le titre, de n'importe quel livre, sur le nom de l'auteur, le lieu d'impression, le nom du libraire et la date de publication, d'écrire un ouvrage en plusieurs volumes. Ce tour de force d'érudition amuserait peut-être quelques curieux, mais ennuierait sûrement les lecteurs qui veulent un jugement, net et précis, sur le livre qu'on leur présente, et non une dissertation à côté.

Il y aurait beaucoup à monologuer là-dessus et sur bien autre chose, mais je passe. Ce qui m'étonne pourtant, c'est que l'ouvrage d'O. Uzanne, qui est si long, 320 pages, sans compter la dédicace de XI pages aux bouquinistes, soit encore aussi court. Remercions-le de ce qu'il a écrit, voire même de ses calomnies, etc., qui ne demandent pas un grand fond d'études et de recherches, pour être exploitées, comme il le fait, et soyons-lui reconnaissants de ce qu'il n'a pas écrit et de ce qu'il aurait pu malheureusement écrire.

PHYSIOLOGIE DES QUAIS ET DES BOUQUINISTES DE PARIS

Les quais de Paris, je n'en parle, bien entendu, qu'au point de vue physiologique de ses habitants, bien que fréquentés par les membres de toutes les classes de la société, voire même par les étrangers : Chinois, Japonais, Levantins, Turcs, Arabes, Russes, Italiens, Espagnols, Peaux rouges et Peaux noires, etc., offrent le spectacle d'une petite République en miniature, qui, comme la grande, possède des spécimens de toutes les passions et de toutes les opinions. Néanmoins, malgré de nombreuses petites jalousies, des ambitions lilliputiennes et de mesquines prétentions, on n'y pratique pas les révolutions, les coups d'État et les changements de ministère. On y souffre souvent, mais on patiente toujours, comptant sur un rayon de soleil et sur un client généreux ; tous deux manquent, hélas ! bien des fois, mais on les espère pour le lendemain, et cela suffit pour la résignation de la veille. Si, sur ces bords de la Seine, où ne paissent plus les moutons de Mme Deshoulières, on se risquait à une aventure... ce serait tout au plus à formuler la proposition fabuleuse d'un repas de corps, et encore, quand, grâce à la munificence posthume d'un académicien, qui voulait raviver sa réputation littéraire, par un legs excentrique, les bouquinistes se réunirent dans un banquet, on faillit voir une nouvelle guerre des Guelfes et des Gibelins. Il ne fut pas répandu de sang et très peu de vin : cela se passa, dit-on, galamment et sobrement. C'est beau, parce que c'est pis quelquefois, me suis-je laissé raconter, dans certaines sociétés qui se prétendent savantes, humanitaires, polies, patriotiques.

Jamais les quais n'ont subi de barricades, ils ont vu passer et partir des rois, des empereurs et des présidents de la République, sans que leurs bords tranquilles fussent troublés par ces grands événements, et sans que leurs habitants, les bouquinistes, abandonnassent leur poste d'étalagiste. Les palais se vidaient parfois et les boites souvent s'enrichissaient de quelques épaves de leurs dépouilles. Là, on ne sait ce qu'est le vol que par ceux que leur font subir les voleurs. Les bouquinistes, peu instruits la plupart, bien qu'ils vendent des livres, sont probes, honnêtes, patients, laborieux et économes. Ils ne sont pas, comme on pourrait le croire, d'après les commérages fielleux d'O. Uzanne, des excentriques burlesques, des ignorants comiques, des types, avec ou sans légendes, à mines rembranesques et à figures falotes ; ils méritent mieux que les insultes, les calomnies et les diffamations de ce Barnum des boites.

Après avoir promené sa *maestria* érotique dans toutes les sentines interlopes d'une littérature faisandée au muse ou au patchouli, il a senti le besoin de venir sur le pavé des quais et de se soulager au coin de toutes nos boites ; il a tellement fait partout, qu'on ne peut expliquer ce flux à jet continu, qu'en lui attribuant une influenza des plus laxatives. Ce débordement de bile et de fiel prouve certainement une maladie persistante du foie et du ventre. Pour ma part, c'est ce que je crois, et je donne le conseil à ceux qui, comme moi, sont inondés par lui, de le croire également... et de se contenter de brûler du sucre, là où il a fait.

« Pour des filles cloîtrées, disait La Bruyère, un paysan est un homme. » Est-ce que pour vous, Monsieur, un bouquiniste n'en serait pas un ? Si vous n'avez pas les mêmes raisons qu'elles de le croire, ce n'est pas une raison pour nous traiter en filles publiques. Nous sommes, que diable ! du moins je le pense, du même sexe que vous, respectez-vous, en nous respectant davantage et ne nous exposez pas à la curiosité publique, comme si vous aviez droit de haute et basse appréciation sur notre sexe et sur notre honneur. Nous ne sommes pas du genre neutre, ne nous forcez pas à vous le prouver. De quel droit vous permettez-vous de critiquer nos mœurs, de caricaturer nos physionomies, de souligner notre *intempérance un peu trop légendaire* et de vous féliciter d'*avoir contemplé la façade trompeuse de notre moralité* (p. VIII) ? Que nous voulez-vous ? Si vous avez besoin de parler de quelqu'un, que ne parlez-vous de vous ? le sujet est vaste et intéressant. Racontez vos habitudes et vos aventures, peignez les charmes de votre esprit, embellissez vos imperfections physiques, dites combien vous leur devez de succès... et de ridicules ; vous en avez le droit. Vous pouvez vous calomnier à loisir, vous diffamer à plaisir, vous insulter à pleine... plume, personne ne protestera, et tout le monde vous croira. Un Uzanne, présenté par vous au public, avec toute votre science de paradeur, dans toute la naïveté de son orgueil, dans l'ingénuité de son admiration pour son talent et dans la contemplation extatique de ses beautés physiques, morales et intellectuelles, intéresserait certes plus le public que l'exhibition triviale de la gent bouquinière. Le public attend, servez, Uzanne !

S'il avait voulu savoir le vrai sur nous, il n'avait qu'à venir, lui, le *suzerain* des *quais*, parmi nous, et il aurait vu et appris des choses toutes différentes de celles qu'il écrit. Nos sentiments, nos actes, nos dires, nos habitudes, sont autres que ceux qu'il nous prête si étrangement. Il parle de nous, qu'il peut voir tous les jours, comme du grand-turc qu'il n'a jamais vu. Ses appréciations ne nous rendent ni pis ni meilleurs que nous ne sommes ; bouquinistes, simples, honnêtes, naïvement ignorants et sagement madrés, nous étions avant, et tels nous serons après. Nous ne serons pas plus fiers de vos ridicules compliments qu'humiliés de vos insinuations perfides ; notre vengeance sera de vous sauver des mains de l'épicier et de vous condamner à jouir de l'hospitalité de nos boites. Le public vous trouvera près de la *Cuisinière de la ville et de la campagne*, en compagnie du *Secrétaire des amants*, de l'*Amour conjugal*, de la *Clé des songes*, de la *Cartomancie*, etc., cette bibliothèque idiote de l'ignorance et de la bêtise. Ne comptez pas frayer avec Crébillon fils, dont vous avez voulu démarquer, à votre profit, la phrase pimpante et leste ; avec l'abbé Voisenon et son voisin l'abbé Grécourt, dont vous avez violé la soutane galante pour leur voler le secret de leur faire aimable et gracieux, ni avec cette pléiade spirituelle et érotique du XVIIIe siècle, qui proteste contre vos contrefaçons littéraires ; non, n'y comptez pas, car il y aurait révolution dans nos boites, et tous se lèveraient, indignés et méprisants, en vous voyant parader parmi eux. Uzanne mis *à la porte* de nos boites par les auteurs, humiliés de subir un voisinage aussi outrageant, cela se verra, si jamais vous y venez.

LES AMES DES LIVRES

Surpris, chaque jour, en rangeant mes livres, par les imprévus étranges et mystérieux qu'ils me présentent, je me figure que les âmes des auteurs sont devenues les âmes de leurs livres. Mes boites s'animent, vivent et s'émeuvent; il y a là tout un monde intelligent et savant qui me parle et auquel je réponds. Quelle confusion des langues, quelle contradiction de doctrines et de sciences, quel emmêlement d'esprits divers! Les écrivains ont trop pensé, vivants, pour ne pas penser davantage après leur mort. Ils ont le calme de l'immortalité et la satisfaction de leur perfectionnement spirituel; ils ne craignent plus les cruautés du combat de la vie et de la conquête de la vérité. Combien de fois, en attendant un client trop rare, plus rare, souvent, que mes livres, n'ai-je pas, comparant un auteur à un autre, celui-ci à celui-là, et les suivant tous ainsi, les uns après les autres, trouvé les contrastes les plus étranges et les rencontres les plus singulières?

Le hasard a des cruautés et des ironies terribles, dans la promiscuité des boites; un critique n'arriverait jamais, en combinant les effets littéraires les plus ingénieux et les plus savants, à produire les combinaisons impitoyables de ce désordre spontané. Des boites, patiemment et savamment étudiées, telles qu'elles s'ouvrent à la curiosité du chercheur, dans leur débraillé de chaque jour, en apprendront plus au chercheur perspicace et judicieux, que tous les biographes, critiques et autres dissecteurs, enregistreurs et équarrisseurs du livre. Mais si nous pensons et si nous jugeons ainsi des écrivains morts, que doivent-ils penser d'eux-mêmes et comment jugent-ils leurs voisins, morts ou vivants?

Notamment, que pensent-ils de vous et comment vous jugent-ils, ô Uzanne ? Je crois assez les connaître, les fréquentant tous les jours, pour pouvoir vous affirmer qu'ils sont à peu près de mon avis, sur vous, et que leur jugement ne démentira pas le mien : ils vous prennent pour un galvaudeux littéraire et prétendent que, pour être écrivain, il faut écrire autrement que vous.

COMMENT ON DEVIENT BOUQUINISTE ; CE QUE DEVIENNENT ET CE QUE DEVIENDRONT LES BOUQUINISTES

COMMENT ON DEVIENT BOUQUINISTE

Comment on devient bouquiniste ? Absolument comme vous êtes devenu auteur. L'aspirant en bouquinerie écrit au Préfet de la Seine qui, presque toujours, lui accorde sa demande, sans la lire ; vous, vous écrivez au public qui, quelquefois vous lit, mais ne vous accordera jamais un brevet d'écrivain.

Le bouquiniste vend généralement de bons livres ; vous, habituellement, vous n'en faites que de mauvais. Cette différence, toute en faveur du bouquiniste, explique, jusqu'à un certain point, vos appréciations malveillantes contre tous ces futurs sauveteurs de vos élucubrations écrivassières. Votre amour-propre d'auteur, échoué dans les boites à quatre sols, regimbe contre cette destinée fatale de vos louches enfants. Accordez-leur quelque indulgence et même quelque bienveillance, ils auront assez de mal à se défaire de vos rossignols. Quel homme sérieux pourra vous acheter ; quelle femme honnête voudra vous lire ! Vos figures, je parle des illustrations de vos livres, ne sauveront pas votre figure de la débâcle et du rabais. Déjà, en plein succès, vous tombez dans nos boites; et, Dieu sait! ce qu'il faut être *disert* et *bavard*... pour vous vendre même à perte. Moi-même, qui aurais pourtant intérêt à me *payer* sur vos œuvres, de vos méchancetés, j'ai la *rancœur* de vous vendre meilleur marché que je ne vous ai payé. Si vous me faites du bien en écrivant du mal de moi, vous me faites bien du tort en l'écrivant aussi mal. Écrivez mieux, de grâce! vous nuirez moins à mes intérêts... et vous rendrez en même temps service à mes collègues qui gagneront davantage sur vous.

Pour vendre sur le quai, et surtout pour gagner de l'argent, il faut peu de connaissances, même élémentaires; en voyant certains étalagistes ignorants, réussir, où d'autres plus intelligents, plus actifs et plus économes, échouent, on serait presque forcé d'admettre que l'ignorance est une *qualité* essentielle chez le bouquiniste. Cela parait fort et pourtant c'est une vérité *pure*, absolue. Les fouilleurs des quais, et je classe parmi eux les amateurs intelligents et instruits, sont persuadés qu'ils trouveront mieux et à meilleur marché dans les boites du bouquiniste qui a une réputation établie et confirmée d'ignorance. Au reste, le bouquiniste remplace avantageusement cette lacune par une science à lui : l'intuition. Qu'a-t-il besoin de français, de grec, de latin, de toutes ces inutilités savantes qui le gêneraient, il a l'intuition, cette admirable faculté qui se passe de toutes les autres. Il n'est pas nécessaire d'être bouquiniste ès lettres ou ès sciences, pour faire le commerce de la bouquinerie, il suffit de tout ignorer et même de ne pas savoir lire; j'en connais un, muni de cette dernière ignorance, et ce n'est pas celui qui fait le moins d'affaires. Je suis sûr, tant les amateurs sont friands de cette amorce bouquinière, que demain son étalage serait le plus fréquenté et le mieux achalandé, si je le nommais. Mais, comme cette réclame, quoique avantageuse, pourrait lui déplaire, je tais son nom, qu'il ne lirait pas, mais qu'on se hâterait de lui répéter.

Le bouquiniste inculte, fier de la chance qui jamais ne sourit à son voisin plus instruit, le dénigre avec ardeur, le méprise avec hauteur, le calomnie avec acharnement, invente des petites histoires scandaleuses, aiguise de mystérieuses scélératesses, allume de perfides insinuations, et, pour l'achever, le charge de tous ses vices et de toutes ses canailleries. Quand l'honnête homme se tait et craint, par un mot frivole ou léger, d'effleurer une réputation, le collègue, peu scrupuleux, croit se débarrasser d'un concurrent et espère dissimuler sa triste renommée, en le calomniant et en lui prêtant ses méfaits. Je sais même, à ce propos, un fait très caractéristique, qui prouve jusqu'où va la haine aveugle et cruelle de certains tenanciers des quais. Un jour, un libraire, autrefois bouquiniste, causait avec un amateur, d'un libraire devenu bouquiniste : « Il a eu des malheurs, disait le curieux de livres : la vie l'a fortement touché de ses doigts de fer ; il a subi des cruautés intéressantes ; il ne méritait pas tant d'injustices... — Lui ! lui ! s'empresse de baver le libraire, lui ! un malheureux digne de pitié !... Il a des vices cachés !... » Si les siens le sont, les vôtres ne le sont guère. Je me tais, il commence à subir, les méritant, les malheurs que l'autre a éprouvés, ne les méritant pas.

Je ne veux pas charger le tableau, mais il est certain, et aucun de mes collègues n'osera me démentir, qu'il n'ait pas de commerce qui favorise plus les cancans aigres et jaloux que celui des quais. Ce voisinage ininterrompu de boites, depuis le quai d'Orsay jusqu'au pont de la Morgue, prête aux commérages, délie les langues, les excite et les anime. Quand on a parlé de la politique de la veille, causé du scandale du jour et chaudement discuté sur les événements qu'on comprend le moins, que faire ? sinon déchirer son voisin. C'est ainsi qu'on a fait à quelques-uns, qui n'en peuvent mais, une réputation d'agitateurs, et à d'autres celle d'ambitieux meneurs. Dans cette confusion batailleuse des langues, si vous voulez éviter leurs coups, sinon meurtriers, au moins ennuyeux, vous n'avez qu'une chance ou plutôt qu'un moyen, appliquez-leur la peine du talion : dent pour dent, œil pour œil. Malheureusement les mauvais seuls usent de cette arme qui répugne aux bons. Or, comme les mauvais s'entendent ou se ménagent toujours, les bons doivent, d'ores et déjà, se résigner à être leurs victimes. Je devais ces vérités aux bouquinistes : si elles les fâchent, tant pis pour eux, ils ne méritaient pas que je les leur dise.

QUE DEVIENNENT LES BOUQUINISTES ?

Les uns, les audacieux, *audaces fortuna juvat*, deviennent libraires et, par reconnaissance, dit-on, de leur premier métier, conservent leur étalage et vendent, dans leurs boîtes, au détriment de leurs anciens collègues, moins heureux, les numéros invendus de leurs catalogues et les superfluités de leurs achats; les autres, les rares, *rara avis*, vont jouir, dans un coin préféré de la Normandie, des bénéfices inespérés de leur intuition; ceux-ci, découragés par l'insuccès, fuient ces bords de la Seine qui ne donnent pas même aux hommes ce qu'ils fournissaient si abondamment autrefois aux chères brebis de Mme Deshoulières; ceux-là, brisés par les intempéries des saisons, ou frappés par les rigueurs de la vieillesse et de la misère, vont à l'hospice, ce dernier asile du pauvre, ou, plus heureux, meurent assez vite, pour n'avoir pas le temps de souffrir ni de faire souffrir. Je n'attends plus, des hommes et de Dieu, que cette justice pour moi.

CE QUE DEVIENDRONT LES BOUQUINISTES

Par ce temps de monopole, la pieuvre commerciale de notre temps, on pourrait croire que les bouquinistes disparaîtront, écrasés et ruinés par les grandes maisons ; pas du tout, c'est le contraire qui arrivera : les bouquinistes disparaîtront, écrasés et ruinés par eux-mêmes. Leur nombre, toujours croissant, sera leur ruine. Pendant que leurs boîtes s'aligneront innombrables sur les deux rives de la Seine et un peu partout dans Paris, les livres anciens, tirés à petit nombre et peu à peu classés dans les bibliothèques publiques et particulières, n'alimenteront plus la bouquinerie, et les livres modernes, accaparés par des laveurs au rabais, ne fourniront, ni en quantité ni en qualité, une vente assez importante pour répondre à tous les besoins des bouquinistes. Ne vous y trompez pas, tout lutte contre vous : le journal, la publication à dix centimes, la brochure, les bibliothèques publiques, municipales, syndicales, professionnelles, etc. Les ventes publiques ou particulières ne peuvent, ne l'espérez pas, vous offrir une compensation ; les libraires vous couperont, comme on dit vulgairement, toujours les livres, non les vivres. Je vous le dis à regret, mes chers collègues, mais je vous le dis, en vérité et en toute sincérité, vous êtes condamnés à mort, ce n'est plus qu'une question de temps et sans espoir de recours en grâce.

Vous n'avez que deux moyens de vous sauver... de l'avenir, et je n'ose vous les conseiller, car ils offrent des difficultés sérieuses, jugez-en : il ne vous reste qu'à vous faire éditeurs ou auteurs. Et, encore, après avoir beaucoup édité et énormément écrit, il n'est pas impossible que vous ne soyez forcés de vendre les livres des autres, s'il en reste. Ceci me fait penser qu'il n'y aurait rien d'étonnant qu'O. Uzanne, du haut de sa véranda où il domine, auteur, les quais et Paris, ne dégringole, bouquiniste, sur ces quais qu'il traite trop légèrement en suzerain impertinent. Uzanne bouquiniste ! pourquoi pas ! c'est encore plus d'honneur qu'il ne mérite et que je ne lui souhaite.

LES BOUQUINISTES DISPARUS

Il m'est facile de suivre sur ce terrain le pseudo-historien des quais, j'ai connu presque toutes les individualités dont il parle, je peux donc rectifier les noms et les faits ; mais, comme je ne veux pas donner à cette brochure l'ampleur d'un volume, je vais le faire rapidement, laissant malheureusement de côté des anecdotes curieuses et des types intéressants.

Mais où a-t-il été chercher tout ce qu'il écrit sur les bouquinistes, me disait un vieil amateur de quais ! D'où a-t-il tiré tous ses renseignements ? Ma foi ! je suis fort embarrassé pour vous répondre, lui ai-je dit ; les uns prétendent qu'il les a tirés du sac, non pas à malice, mais à méchanceté, d'un certain Boucher, sous-bouquiniste, rédacteur attitré de certains bouquinistes ; les autres, qu'il les a inventés ; moi, j'incline pour les deux et je le prouve.

Il appelle Rosez un bouquiniste normand qui se nommait Lerosey ; il se livre à son sujet à certaines indiscrétions fantaisistes, que jugerait fort inconvenantes son fils, commandant d'artillerie, si elles tombaient sous ses yeux. Je suis sûr que l'homme de la véranda, qui étale à son balcon sa pile pour ne pas montrer sa face, ignore ce fait familial, car il est trop prudent pour ne pas parler respectueusement d'un père et d'une mère qui ont un fils officier. Il fait de Guillié, ancien douanier pensionné, Leguiller, exinstituteur et ex-épicier, un brave homme auquel il accorde, en passant, comme à beaucoup d'autres, un diplôme de bêtise orgueilleuse. Il déguise Debas, claqueur émérite en tous temps, du Théâtre-Français, de la Porte-Saint-Martin, etc., et choriste libre aux offices de quelques églises privilégiées, en un juré excentrique qui se débat en beau diable pour ne pas juger son prochain. Il préférait traiter la République de ruine publique, la rendant responsable de tous ses déboires commerciaux ; il quitta l'hôtel de Chimay, chassé par les Beaux-Arts et non par l'ombre de sa femme, qu'il redoutait plus, vivante que morte.

Malorey, ce doyen des quais, dont il fait une sorte de manteau bleu de sa famille, est mort, espérant léguer à son successeur ses longues traditions bouquinières, et n'a réussi, en laissant une réputation de richesse, qu'à faire surgir une légion de bouquinistes. Que de malheureux lui doivent leurs illusions et surtout leurs désillusions ! Je pourrais, après Uzanne, citer quelques disparus : Charlier, le vendeur de musique, qui sournoisement m'a joué plus d'un mauvais tour ; Janssens, le Belge qui, escomptant ma mort, avait déjà demandé ma place, et... mais à quoi bon ? Je préfère passer à un confrère, mon voisin, que j'ai plus connu et estimé, on ne s'y trompera pas, je veux parler du *père* Foy.

Le suzerain des quais, j'entends par là Uzanne, brodant et dramatisant sur ce fait, qu'atteint par le froid des années et des hivers, ce pauvre loqueteux se chauffait, en 1883-84, en brûlant ses vieux livres, recule ce fait jusqu'en 1866 et le raconte ainsi, page 83 : « Le monarque (Napoléon III) guidé par le bibliophile Jacob, le cher Paul Lacroix, ne dédaigna pas de rendre visite à ses protégés, c'est en ce jour mémorable entre tous qu'un d'entre eux, fort connu déjà, trouva le moyen, assurément sans le chercher et dans la pure innocence de son âme, de s'illustrer à jamais. Au moment où l'empereur passait, au cours de sa visite, sur le quai Malaquais, en face la rue des Saints-Pères (non des Beaux-Arts), il vit un vieil homme, qui se chauffait frileusement à un feu de papiers, sur un réchaud. De temps en temps, il prenait un volume d'une pile de livres, à côté de lui, et en déchirait une poignée de feuillets pour alimenter son brasier ; l'Empereur s'approcha et voulut savoir avec intérêt quel ouvrage avait assez peu de valeur pour être ainsi jugé par le marchand lui-même comme bon à servir de combustible. Le père Foy, qui aujourd'hui ne le connait encore de réputation ! tendit tranquillement le volume au souverain, et Napoléon III lut avec stupéfaction au haut des pages, en titre courant (non, j'ai constaté le fait, ce titre courant n'existe pas) ces mots triomphants : *Conquêtes et victoires des Français.*

« Que se passa-t-il dans l'âme troublée du terrible rêveur couronné lorsqu'il vit ce livre, spécialement écrit pour allumer et entretenir la flamme dans les cœurs, servant à apporter un peu de chaleur au corps caduc d'un vieillard bouquiniste ! *Peut-être ne se passa-t-il rien :* le pâle sourire des puissants a maintes fois, heureusement pour eux, couvert leur inintelligence de l'ironie éternelle et amusante des choses. »

Quel drame et dans quels termes ! On ne sait de quoi s'étonner le plus, ou de l'invraisemblance du fait (qui est faux), ou de la niaiserie des pensées et de l'extravagance des phrases et des mots : la *pensée* du *terrible* rêveur et *ce pâle sourire qui couvre une inintelligence de l'ironie éternelle et amusante des choses.* Qui me dira, ô ironie des mots, d'où vient ce langage ? d'Auxerre ou de Sens ? Je penche pour Auxerre, car à Sens il doit y avoir plus de bon sens.

Je ne crois pas que l'Yonne, qui l'a vu barboter sur ses bords, considère jamais, comme *un jour mémorable*, le jour où il barbouilla sa première chemise et sa première feuille de papier ; elle lui sera plutôt reconnaissante le jour où il renoncera à écrire. Ayant consacré, dans mon *Histoire littéraire*, tome VI, un article important au père Foy, poète, inventeur de la contre-marque, bouquiniste-philosophe, etc., je préfère l'indiquer aux curieux plutôt que de le recopier.

Vous ne pouvez pas lire deux lignes, dans cette ineptie de 320 pages, in-8, sans être arrêté par des cascades linguistiques et littéraires plus étranges les unes que les autres. A force d'être maniéré, il est grimacier, et, en voulant être original, il devient incorrect; son style a, de loin, les chatoiements enluminés de la miniature, et de près il n'a que les crudités et les violences de l'image d'Épinal.

Raguin sera le dernier que je nommerai dans cette nécrologie des bouquinistes disparus: c'était une physionomie plus curieuse qu'originale. Toujours armé d'un dictionnaire ou d'un plumeau, ou il était à la chasse d'un mot anglais, russe, grec, latin, qu'il classait précieusement dans ses souvenirs, ou il chassait un client importun et indiscret qui sortait ses livres de leurs enveloppes préservatrices. Il possédait un certain nombre privilégié de phrases qu'il ne disait, en diverses langues, qu'à ses clients favorisés, de même qu'il n'avait, que pour eux, certains livres de choix, qu'il ne montrait jamais à d'autres. Il mourut jeune, ayant amassé péniblement une certaine fortune et de nombreux livres qui partirent ensemble un peu à l'aventure. Il était avare: son plus cruel châtiment, la dispersion de son argent et de ses livres, lui fut épargné. O. Uzanne lui consacre mieux qu'une oraison funèbre, une élégie funéraire. C'est tendre et touchant, presque autant que le poème lyrique qu'il a composé en faveur de son complice littéraire: Gust. Boucher. Je le place ici, entre les bouquinistes disparus et les bouquinistes du jour, parce que, n'étant ni l'un ni l'autre, je suis forcé de le mettre entre les deux, sous la rubrique: sous-bouquiniste.

GUSTAVE BOUCHER EX-SOUS-BOUQUINISTE, RETIRÉ AUX BEAUX-ARTS, DANS UN FROMAGE, RETOUR DE COPENHAGUE

« Parmi les plus récents, pages 108-109, qui n'ont fait que passer sur les quais, ne devons-nous pas parler de Gustave Boucher, qui lâcha une étude de notaire à Niort pour s'en venir à Paris, par amour du bouquin, conquis à la bibliographie, nous *avoua-t-il* par *la lecture de notre ancienne revue « Le Livre.* »(Qui le croirait! Boucher, nouveau saint Paul, qui reçoit son coup de grâce... bibliographique, dans *Le Livre* d'O. Uzanne. *Stupete gentes!*) Il s'établit lui tout *jeune, frêle et délicat,* étalagiste sur le quai Voltaire. Gentil comme un héros de Musset, élégant et correct, il supporta au début des périodes de terrible vache enragée, souvent accompagné alors sur le quai d'une petite femme, Mimi Pinson du quartier latin, qui venait à l'étalage aider au remisage des boites. Boucher apporta là, presque sous nos fenêtres, il y a sept ans environ, comme un roman de littérature et d'amour, de jeunesse passionnée et studieuse à la fois qui avait un tour d'idylle et de vocation bibliognostique bien *curieuse* et fort touchante. Aujourd'hui, cet ancien bouquiniste ès lettres, retiré dans l'Administration des Beaux-Arts, cultive avec une rare délicatesse la littérature et le monde des littérateurs les plus affinés et les moins publics, sans *essayer d'oublier* ou de *faire oublier* sa passagère position d'étalagiste observateur, resté ami des bouquinistes. *Nous lui devons beaucoup de notes finement colligées,* et nous le saluons de nouveau au passage. »

Ouf! je crois que je lui ai fait bonne mesure au bouquiniste tout jeune, frêle et délicat, gentil comme un héros de Musset, élégant et toujours correct et *resté ami des bou-*

quinistes, et qu'il ne se plaindra pas de ma réclame. Je me permettrai néanmoins, pour donner un peu plus du poids à ce portrait, tout en lumière, trop en lumière, d'y faire quelques énergiques retouches ; j'espère, heureux retiré aux Beaux-Arts, vous qui cultivez avec délicatesse la littérature et le monde des littérateurs affinés et les moins publics, que vous saurez apprécier le touchant et l'affiné de mes crayons et me remercier des frais d'expression... non d'impression, que je donne à vos traits jeunes, frêles et délicats. Vous avez vendu, quand vous étiez sous-bouquiniste, plus de littérature que vous n'en avez écrit ; toutes vos œuvres se composent, si je ne me trompe, de deux circulaires très remarquables par leur style et très importantes par leur objet et par leur but : il s'agit de prouver qu'il y a deux ou trois galeux, parmi les bouquinistes, qui ont eu la prétention de provoquer la fondation d'une caisse qui donnerait du pain à leurs collègues malheureux, mais que tous les autres sont de braves et honnêtes gens qui, mangeant bien et buvant mieux, ne peuvent pas admettre qu'ils ont des confrères qui aient faim et soif. Cela est clair ils ne sont pas assez nombreux ni assez riches pour voter *un* franc de cotisation, par mois, pour une œuvre de secours mutuels, mais leur petit nombre et leur pauvreté leur permettent de fonder un banquet mensuel qui coûtera *cinq* francs, sans compter les suppléments.

Faut-il être assez agitateurs, assez prétentieux, assez ambitieux, assez meneurs, pour vouloir s'arrêter un instant à la pensée de secourir un confrère, de donner du pain à sa femme et à ses enfants, quand il *importe plus que jamais de se montrer unis sur le terrain de la bonne camaraderie*, pour manger, boire et chanter. *Une gaieté de bon aloi doit seule nous animer*, — des *chansons*, *pas de discours !* c'est-à-dire pas de pain à ceux qui ont faim, ce serait trop accorder à l'ambition des *deux* ou *trois agitateurs qui essayent en vain de troubler la bonne harmonie qui règne sur les quais !* Et, dire qu'après ces circulaires humanitaires on ne vous a pas donné un prix Monthyon, un accessit d'éloquence, et que vous êtes encore resté sous-bouquiniste ès lettres ! Ingrate et ignorante Académie ! et plus ingrats encore les bouquinistes qui n'ont pas su vous récompenser d'un pareil chef-d'œuvre ! Si vous aviez fait ou écrit, pour les affamés, le quart de ce que vous avez écrit et fait pour les assoiffés, je vous eusse voté une boîte d'honneur, une permission de bouquiniste sur parchemin, à votre choix !...

Vous êtes jeune, frêle et délicat, prenez garde, l'on ne boit ni ne chante toujours; on a faim quelquefois, et alors on regrette d'avoir été dur et impitoyable pour ceux qui, ne buvant ni ne chantant, avaient faim. Vous avez mangé de la terrible vache enragée, et vous avez la cruauté d'écrire contre ceux qui en mangent ! Je laisse un instant sécher votre portrait, je le reprendrai plus loin, au chapitre des meneurs et de la réunion des bouquinistes.

LES BOUQUINISTES DU JOUR

J'arrive à un chapitre scabreux; c'est ici qu'il s'agit de glisser et de ne pas appuyer : les méchancetés qu'on passe à O. Uzanne, celles surtout dont on rit et qu'on trouve probablement bien bonnes, on ne me les pardonnerait jamais. Notre calomniateur s'est donné le droit de détrousser la vérité, à notre détriment, et d'élever le mensonge malveillant et les insinuations perfides à la hauteur d'un métier qu'il croit honnête; mais, moi, si je me permettais la moindre allusion à une vérité ou à un fait certain, en m'abstenant pourtant d'indiquer le nom, on me jetterait la pierre comme au plus infâme des détracteurs. Au reste, j'ai le droit de le dire, il en est si peu sur les quais qui ne se soient, comme on dit, payé ma tête, qu'ils prendraient le mot le plus inoffensif pour la plus terrible des représailles. J'aime mieux les avertir que leur faire tort ; je me tais volontiers, mais, s'ils se doutaient de tous les renseignements que m'ont livrés sur eux le hasard et la langue de leurs voisins et amis, ils seraient plus prudents et ne s'exposeraient pas, par des potins maladroits, à me faire sortir de ma réserve et à provoquer mes ripostes. J'ai de côté, si je suis encore attaqué, plus d'une surprise désagréable à leur servir. Chacun a la charge et la responsabilité de son honneur, ne touchez pas au mien, et je ménagerai vos ridicules... et vos secrets.

Ces prémisses posées, et elles étaient nécessaires pour éviter tout malentendu et ne froisser aucune susceptibilité, je choisis, au passage, quelques physionomies de bouquinistes pour les nettoyer de la prose boueuse d'O. Uzanne. Un coup d'éponge ne peut leur nuire.

QUAI D'ORSAY

M. Chevalier, bouquiniste du quai d'Orsay, se présente, le premier, sous ma plume. Son biographiste, forçant la note ridicule, d'un homme qui entend parfaitement son affaire et qui sait faire prospérer son commerce, en a fait une sorte de simplice qui vend les livres à la fortune du sac. La preuve que son moyen n'est pas bête, c'est qu'il gagne de l'argent. D'autres aussi emploient utilement ce moyen, et je les trouve si peu sots, que je n'ai qu'un regret, c'est de n'avoir pas assez d'esprit pour les imiter. Chevalier, actif, remuant et travailleur, se donne tout entier aux achats, pendant que sa fille, intelligente et habile, dirige la vente avec une urbanité des plus gracieuses.

QUAI VOLTAIRE

M. Coroënne, auquel j'ai offert l'hospitalité dans mon *Histoire littéraire du* XIX° *siècle*, rêve à la grandeur des Cazins et se désole sur leur décadence. Plus Cazin que le fameux libraire Rémois, il a chargé ses rayons typographiques de plus d'éditions qu'il n'en fit oncques imprimer.

Plus loin, le suzerain des quais, voulant prouver ses connaissances naturalistes, donne du Zola-Assommoir à un étalagiste qui se demande, étonné et indigné, pourquoi ses noms de baptême et de famille sont affublés de tant de compagnons avinés. Uzanne n'ignore rien, pas même le *bistro*.

QUAI MALAQUAIS

Ce portrait rabelaisien est presque honnête, à côté de celui d'un bouquiniste-libraire qu'il met en pendant. Celui-ci qui n'a pas posé pour cette figure, j'en suis sûr, m'accuserait de rancune, si je la reproduisais. Je préfère la laisser sur le chevalet et lui donner cette preuve de courtoisie qu'il n'a pas toujours pratiquée pour moi, s'il s'en souvient.

Le reste du quai Malaquais, moins la description pittoresque de la figure *très falote et très intéressante à peindre* qu'il consacre à l'honnête doyen de la bouquinerie, défile en figures, censées artistiques et non littéraires, avec des écriteaux indicateurs, comme ceux-ci : le commis d'un libraire... qui n'est pas au coin du quai (on prétend que le portrait serait plus ressemblant si, au lieu de la face, il présentait le derrière), le type du bouquiniste du quai Malaquais, un type sans légende. Les autres types imagés, et ils sont nombreux, abandonnés de leur barnum, ou privés de leurs précieuses enseignes, sont autant de figures mortes.

Avec trois aunes de drap fin, disait Cosme de Médicis, je fais un homme de bien; avec trois coups de plume, l'auteur, et avec trois coups de crayon, le dessinateur, ont fait de telles caricatures *artistiques et littéraires*, que les portraiturés n'y retrouveraient jamais un *trait de famille*, une ombre même de leur silhouette. Un chien, et ils ont du flair, vous savez, ces intelligents animaux, n'y reconnaîtrait pas son maître. Oui, ces portraits poussés à la charge et ces gravures raides et dures représentent tout, excepté ce qu'ils ont l'intention de représenter, mais je les trouve bien et je les approuve, précisément parce qu'ils ne ressemblent à rien et ne reproduisent rien. Ces illustrations mesquines et étriquées valent mieux que le texte, puisqu'elles ne gênent et ne blessent personne: ce sont les plus laides choses du livre, mais les plus honnêtes.

En suivant le quai Malaquais, il me revient en souvenir un livre: le *R. P. Cornutus*, maintenant épuisé, que j'ai commis, dans un jour de fatigue et d'énervement. On venait de me raconter une histoire, peu propre, d'infidélité conjugale: la femme avait trompé le mari, et l'amant, pour punir ce mari des faiblesses de sa compagne, avait essayé de le tuer. Je m'indignais d'abord, mais, en y réfléchissant plus posément ensuite, je finis presque par me convaincre que c'était un cocuficateur humanitaire, et je me promis, si jamais j'étais juré, dans une affaire pareille, d'acquitter ou au moins d'accorder les circonstances atténuantes à ce vengeur des complaisances féminines. Si je donne plus tard une deuxième édition à mes cocus, ils peuvent être sûrs que je tirerai sur leurs cornes ce revolver... de l'amour à trois coups. Passons au quai Conti.

QUAI CONTI

Ce quai, bien que faisant vis-à-vis à l'Académie, en est en quelque sorte l'antithèse; autant sont calmes et pondérées les quarante têtes qui n'ont qu'un même bonnet : la coupole de l'Institut, autant sont pétulantes, ardentes et turbulentes, celles qui émergent des bords de la Seine. On s'agite sur le trottoir, on crie, on jure, on discute, on parle, on raisonne et déraisonne de tout : politique, sciences, lettres, arts, philosophie, histoire, intérêts de la corporation, projets de réunion, demandes de véranda, sollicitations d'éclairage à l'électricité, de chauffage du pavé ; et en face, on dort. Ici, c'est la vie débordante, exubérante et parfois encombrante, et là, c'est presque la mort ; ce qui prouverait, je le dis, sans insister, que vendre des livres est plus avantageux que d'en faire.

Combien de dictionnaires de Larousse, de Littré, de Bescherelle, de La Châtre, de de Boiste, de Poitevin, etc., ne vend-on pas, dans les boîtes des quais, pendant, que dans celle d'en face, les quarante immortels, suant sang et eau et perdant leurs dernières mèches, ne peuvent, dans le leur, franchir la lettre K et s'entendre sur le tréma. Pauvres vieilles Pénélopes ! on refera cent guerres de Troie avant qu'elles puissent achever leur éternelle tapisserie de mots.

Les lieux ambiants, selon l'expression de notre illustre biographiste, loin d'avoir de l'influence sur le caractère, le tempérament et l'esprit des bouquinistes de ce quai semblent leur insuffler plus de vitalité et d'animation. Mais ce regain de vitalité et de mouvement donne à cette région bouquinière un cachet tout particulier. On pourrait désigner ce coin sous le titre bien connu d'extrême gauche. Rien ne s'y dit, ne se propose, ni ne se fait, sans cris, sans bruit et sans éclat; l'agitation et le tapage sont les piments nécessaires de tous les actes et de tous les discours de ces ardents bouquinistes. Ce quai résume, en grand et en petit, le caractère psychologique et toutes les tendances professionnelles et intellectuelles des autres; c'est le calme absolu à un bout, et la révolution permanente a l'autre.

Ne voulant donner ni un coup de plume à telle individualité, ni un coup de crayon à telle figure, j'ai prêté aux bouquinistes de cette section un caractère général et d'ensemble qui constitue la physionomie particulière de plusieurs; de quinze ou vingt figures j'ai constitué les traits d'une seule. Comme cela, tout le monde, et chacun en particulier, sera flatté de figurer dans cette galerie du bouquin; elle est peut-être moins intéressante que le musée Grévin, mais elle est plus vivante..., plus nature, dirait un des figurants de la corporation.

Détachons pourtant de ce tableau général une figure particulière qui justifie cet honneur, je veux parler de M. Jacques, l'instigateur de l'installation ferrée et permanente des boîtes sur le quai. Cette heureuse innovation, source de nombreux avantages pour nous, lui donne droit à notre reconnaissance, et pourtant, voyez ce qu'il en est de l'indifférence ou de l'injustice des hommes: on lui sait moins gré de ce service important, et de tous les jours, qu'on n'a su gré à M. Marmier d'un banquet. Décidément le cœur vaut moins que l'estomac: celui-ci est plus reconnaissant que celui-là. Je lui souhaite de ne pas se laisser griser par le succès et de ne pas poursuivre l'impossible; il n'a qu'à lire l'histoire romaine; comme il vend le classique, il en trouvera plus d'une, dans ses boites, il verra que la roche Tarpéienne est près du Capitole. L'infaillible O. Uzanne le nomme Marat, je ne sais pourquoi, car je ne pense pas que ce soit pour avoir voulu couper les mille tentacules de la Pieuvre commerciale. Il pousse énergiquement à la destruction d'un monopole qu'il rêve peut-être pour lui-même : on n'est parfois l'ennemi que de ce qui bénéficie aux autres.

QUAI DES GRANDS-AUGUSTINS

Ce quai cosmopolite offre une variété plus grande de commerces et de types que ses voisins de droite et de gauche. Bien que les bouquinistes classiques, romanciers éclectiques dominent, on y rencontre, tranchant sur les livres, des médailles, de la musique, des lunettes, des casques, des bassinoires et des vieilles armes. La clientèle, fort différente de celle des autres quais, dépasse rarement le Pont-Neuf et ne se risque sur les quais Conti et Malaquais que pour une course et jamais pour un achat. La prédilection de l'acheteur pour tel ou tel quai est plutôt une question d'habitude et de tempérament qu'un calcul spécial d'amateur. On trouve partout, et dans toutes les boites, quand on a la patience savante du fouilleur, des curiosités et même des raretés. Je bouquine, depuis près de trente ans, et j'affirme que mes meilleures trouvailles, et elles sont nombreuses, me viennent des quais. Il n'est pas de jour où mes constantes recherches n'aient été récompensées par la découverte de quelque joyau de bibliophile. On serait surpris si je donnais ici la liste des précieuses richesses que j'ai ramassées, parmi les livres les plus loqueteux, dans les boîtes. Plus d'une bibliothèque renommée se pare et s'enorgueillit des raretés qu'elle me doit. Le mot de l'Évangile : « Cherchez et vous trouverez », ne peut être mis en doute sur les quais, il est de la plus rigoureuse exactitude. Faites le voyage des quais, et vous verrez qu'il y a encore plus d'un filon bibliographique bon à exploiter. Si vos chasses littéraires sont aussi heureuses que les miennes, je ne doute pas que vous ne les recommenciez souvent et que vous ne leur deviez vos joies les plus sincères et les plus intelligentes.

Un ancien bouquiniste, aujourd'hui marchand de musique, exigerait à lui seul une biographie, on comprend que je veux désigner M. Chonmoru; mais comme la vérité, dite toute nue, ou même présentée légèrement fardée, pourrait également le fâcher, je préfère dire seulement qu'il doit son succès commercial plus encore à son originalité qu'à sa marchandise. Il a de l'imprévu, du *brio*, de l'excentrique; il tient, en un mot, un bon rôle de comique rusé et aimable, et il ne le joue pas mal. Il me rappelle, avec un certain intérêt sympathique, le père Foy, mais j'avoue que, malgré ses ironies cassantes et ses boutades grossières, je lui préfère encore ce philosophe généreux, ce poète mordant, cet ex-cabotin badaud et frondeur. M. Chonmoru est certainement républicain, mais je le soupçonne d'exagérer sa nuance politique pour mieux accentuer sa réclame commerciale. Comme marchand de musique, il a bien le droit, après tout, de chanter et de faire chanter sa musique.

QUAI SAINT-MICHEL.

Ce quai est plutôt l'apanage des libraires que des bouquinistes; pour un de ceux-ci, on en trouve dix de ceux-là; les boites n'en sont pas plus riches ni plus intéressantes pour cela; on y verse les dédaignés et les invalides de la boutique; ils vont là subir les derniers outrages du temps, en attendant que le marchand de papier, ce Macquard des livres, les jette dans la chaudière du fabricant. Pauvres débris littéraires! ils étaient Molière, ils deviendront C. Doucet; ils s'appelaient l'*Imitation de Jésus-Christ*, ils se nommeront *Pot-Bouille ;* ils ont été Rabelais, ils sont Uzanne... Pauvres et grands livres ! heureusement qu'un abbé Cotin peut se transformer en Lamartine, et un Coppée se muer en Corneille ou en Racine. Qui sait quel auteur est caché sous les lignes que j'écris, et quel autre donnera asile à ma prose transformée en livre par mon imprimeur ? Oui, que seras-tu demain, mon livre ? — Que cornet, plus tard, il enveloppe pour dix centimes de sel ; que papillotte, il emprisonne les mèches brunes d'une galante ; que, voile parfumé, il cache un bouquet de violettes sur le sein d'une jeune vierge... que m'importe ? pourvu que, par lui, on sache qu'Uzanne... n'est qu'un Uz... anne.

LES BOUQUINISTES DE LA RIVE DROITE

Parler des bouquinistes de cette rive, ce serait se redire, sans intérêt pour les bouquineurs et sans profit pour les bouquinistes. Les bouquins, pour se servir du langage des quais, sont les mêmes, mais moins curieux, plus modernes et surtout plus chers. Les tenanciers de ces boites, espacés selon leurs caprices ou d'après leurs calculs de chance de vente, profitent de leur isolement et de la différence de clientèle pour exagérer leurs prix. Un jour, un de ces roublards de l'autre côté des ponts, qui venait de me vendre 2 francs les deux volumes de l'édition Cazin des *Contes de La Fontaine*, avec les figures de Duplessis-Bertaux, voulait, escomptant mon goût pour le Bonhomme, pas le bouquiniste, mais le fabuliste, me gratifier de ses fables, édition de Garnier, in-8, avec les figures de Grandville, au prix de 45 francs. La raison de ce prix était que le volume était plus grand que les deux riens du tout de Cazin, que les figures étaient plus belles, la reliure rouge et l'ouvrage récemment imprimé. Si l'ignorance complète de la marchandise qu'on vend, est une qualité pour mieux s'en défaire, ils doivent, les bouquinistes de la rive droite, bien qu'ils ne soient que quelques-uns, faire plus d'affaires que nous tous, bouquinistes de la rive gauche.

LES BOUQUINEURS ET LES BOUQUINEUSES

Cet article promettrait et permettrait beaucoup, mais le bouquineur, en nous achetant, se réserve tout droit à notre discrétion professionnelle ; au reste, notre intérêt même nous interdit toute indiscrétion. En ai-je vu défiler de ces amateurs passionnés, depuis le bibliophile érudit, jusqu'au bibliomane ignorant ; mon sac est plein d'anecdotes, des plus curieuses et des plus inédites, malheureusement je n'ai pas le droit de l'ouvrir. Les convenances les plus rudimentaires me défendent de suivre O. Uzanne sur ce terrain ; je ne peux, même en rectifiant ses erreurs et en livrant au mépris et au ridicule ses insolentes confidences, les nommer après lui. Si je ne craignais pourtant, en montrant de la sympathie à un prêtre savant et modeste, qu'il ridiculise, dans son impertinente prose, d'être accusé de refroquement, je lui dirai qu'il a commis non seulement une sotte, mais une mauvaise occasion, en le désignant à une curiosité malsaine. Il pouvait, pour une sale caricature qu'il s'est permise, lui enlever son pain. Vous avez l'orgueilleuse grossièreté du parvenu, craignez de subir le honteux avachissement du tombé.

Le bouquineur, intelligent, mais madré, discute avec passion et ténacité ses prix ; il fait *valoir* l'état, un peu douteux, de conservation, l'irrégularité des marges, l'incertitude de l'édition ; il fait *ressortir* les taches de rousseur et d'humidité ; il n'y tient pas du tout ; il est encombré ; il ne sait où mettre tous ses livres ; la vogue n'est plus à tel genre; on en trouve des quantités; il en sort, à chaque instant, de nouveaux exemplaires: il en connaît un meilleur marché et plus propre... C'est un plaidoyer admirable de finesse, de ruse, de ténacité patiente et de duplicité savante; il déploie une telle éloquence et met en œuvre une si opiniâtre tactique, qu'on croirait qu'il s'agit de défendre son pays ou sa fortune au lieu d'acheter un bouquin... Ne riez pas, il en retourne, pour lui, de plus graves questions; vous lui faites 3,50 un livre qui vaut et qu'il sait valoir 20 francs, mais il s'agit, pour *sauver le principe*, de le payer 3,25, ou au plus 3,40; mais le prix demandé? jamais. Je fais des affaires avec un bibliophile, bien connu, dont j'ai expérimenté si souvent *son principe bien arrêté* de ne jamais accepter le prix demandé, que toujours, sans hésitation, je lui demande un chiffre au-dessous de ce que j'ai payé l'ouvrage et de ce que je veux le vendre, et toujours, connaissant parfaitement la valeur de cet ouvrage, il m'offre un prix au-dessous de ma demande. Ainsi, un livre m'a coûté 40 francs, je le lui fais 15 francs, il m'en offre 10 francs et, après lui avoir avoué que j'ai voulu le plaisanter, dans le flagrant délit de sa manie, que l'ouvrage me coûte 40 francs, et que j'en veux 55 francs, il me paye alors ce prix, sans broncher d'un centime. J'ai fait à un original de cette sorte un roman aux armes de Marie-Antoinette, que j'ai vendu à un amateur célèbre 300 francs, 25 francs, il m'en a offert *sérieusement* 5 francs.

La bouquineuse est un bouquineur femelle avec la politesse en moins et un *râlage* enragé en plus. Quand une femme me demande un livre et qu'elle me parait appartenir au genre bouquineur, je l'ai en une telle crainte, que je m'empresse de lui dire que je ne le possède pas. L'une, l'enragée! avait trouvé à mon étalage l'édition originale sans nom, 1820, des *Méditations* de Lamartine; n'osant pas lui avouer le prix que j'en voulais, 125 francs, je m'empressai de lui prouver que ce n'étaient pas les *Méditations* de Lamartine, mais une contrefaçon d'un auteur inconnu. Que Dieu la bénisse ! mon horreur d'elle m'a fait renier le poète que j'aime le plus et que je considère comme le premier du siècle. C'est cruel à dire, mais tant pis pour les râleurs qui m'arrachent cet aveu, il vaut mieux vendre dix *Clefs des songes* que la première édition de la *Question du divorce* d'A. Dumas fils, ou que celle du *Monde où l'on s'ennuie* de Pailleron, il y a moins de paroles à dépenser et plus d'argent à gagner.

LES VOLEURS DES QUAIS

Ce genre d'amateurs m'est trop désagréable, et O. Uzanne l'a trop savamment traité pour que je sois tenté de le suivre dans cette étude. Je ne sais si son frêle et délicat collaborateur, Boucher, lui a prêté son concours dans la synthèse psychologique de ces maraudeurs des quais, mais vraiment c'est fort, très fort, je l'ai expérimenté assez souvent, à mes dépens, pour reconnaître que celui ou ceux qui ont écrit ce chapitre sur les voleurs méritent un brevet de licence ès contre-voleurs. Après cette belle étude, on volera tout autant, et peut-être même un peu plus, sur les quais, mais on saura comment on a été volé.

LE BANQUET DES BOUQUINISTES OU LE LEGS MARMIER

Ce legs Marmier, qui a fait couler tant de paroles sur les quais et tant d'encre dans les journaux, m'a toujours paru plus généreux pour le rusé académicien que pour les bouquinistes : il s'est légué, pour un modeste repas, une réclame posthume de première classe. Quelques lignes de son testament prouvent mieux que ses soixante ou quatre-vingts volumes, qu'il connaissait parfaitement les hommes; il a spéculé sur leur vanité et leurs faiblesses pour les constituer les commis voyageurs de sa réputation littéraire. Quand on est philanthrope désintéressé, on fait du bien aux autres et non à soi-même. Or à qui a profité ce legs ? sinon à la renommée de X. Marmier. S'il avait voulu être utile aux bouquinistes, il leur eût laissé ces 1,000 francs comme appoint pour la fondation d'une caisse de secours mutuels, mais il a préféré les destiner à des beuveries. Il est vrai que ceux qui ont bien mangé et bien bu, font plus de bruit, et, par conséquent, plus de réclame que le pauvre diable qui mange, honteux, dans un coin, le morceau de pain qu'on lui a... donné. Vous pouvez me bombarber des noms d'agitateur, de meneur, d'ambitieux, mais je soutiens que l'honneur et l'humanité vous faisaient un devoir de refuser cette somme, pour un banquet, et vous imposaient l'obligation de la verser à une caisse de secours. Qu'en reste-t-il, de votre dîner ? Je parle de ce banquet, auquel j'ai eu l'honneur de ne pas assister, parce qu'il me sert d'introduction et de transition pour faire l'historique de trois circulaires: l'une de moi, invitant mes collègues à une réunion qui avait pour but de fonder une caisse de secours mutuels des bouquinistes, et les deux autres de G. Boucher, engageant les bouquinistes à s'entendre et à s'unir pour manger, boire et chanter au *joyeux* banquet de M. X. Marmier.

DEUX MENEURS DES QUAIS

De complicité avec un certain Boucher, non garçon boucher, comme on pourrait l'entendre, d'après son nom, mais ex-garçon sous-bouquiniste, qu'il a pris comme doublure, il écrit un roman, passablement fantaisiste et plus que suffisamment malhonnête sur deux prétendus meneurs des quais. « Parmi ces deux meneurs, bien connus, page 249, qui sont à la tête des mécontents, il existe, c'est curieux à dire, un ex-libraire instruit et se *gobant* démesurément, ne le nommons pas. » Je suis assez avisé et visé pour me croire un des deux, j'ai donc le droit de mettre les pièces du débat sous les yeux du public. Je le fais, avec d'autant plus d'indépendance et d'impartialité, que nos calomniateurs n'ont à récolter de l'exposé net et précis des faits que ce qui leur est dû, la honte et la confusion de leurs procédés indélicats. Je ne nomme pas mon complice : en bonnes intentions, on a fait le silence sur lui, je ne sais pour quel motif, mais, comme je le crois bon, j'imite nos accusateurs.

RÉUNION DES BOUQUINISTES LE 3 JUILLET 1891

Voici les faits. Je suis bouquiniste, depuis vingt-trois ans, à l'époque même où j'étais encore libraire, je n'ai fait fortune ni dans la boutique ni sur les quais. Pourquoi ? pour des malheurs tellement honorables, que je préfère me laisser accuser des vices et des défauts que je n'ai pas, plutôt que d'avouer les motifs qui expliquent et honorent mes insuccès et ma pauvreté. Cette misère imméritée m'a conduit à penser souvent à celle, tout aussi injuste, de mes collègues. L'union fait la force, ce qui revient à dire que plusieurs misères réunies, dans leurs efforts, pour combattre la pauvreté et ses cruautés, sont plus efficaces pour les soulager que toutes les tentatives individuelles. Où l'un échoue, deux réussissent, le succès reste au nombre. C'est la loi de la solidarité : le dévouement d'un pour tous et de tous pour un. J'envoyais, le 30 juin 1891, d'accord avec soixante environ de mes collègues, l'avis suivant, invitant les bouquinistes à se réunir, le 3 juillet 1891, pour fonder une société confraternelle des bouquinistes :

Monsieur et cher Confrère,

« Vous êtes invité à assister à la réunion des bouqui-
« nistes qui aura lieu le 3 juillet, à neuf heures du soir,
« boulevard Saint-Michel, 3, au café.

« Cette réunion a pour objet de délibérer s'il y a néces-
« sité à fonder une Association confraternelle des bouqui-
« nistes pour grouper la défense de leurs intérêts profes-
« sionnels, assurer la prospérité de leur corporation et se
« venir en aide par des versements mensuels et autres
« ressources à fixer.

« Les soixante-six signataires du projet d'Association.
Entrée libre. »

Notez que ce chiffre de soixante-six n'est pas fantaisiste, et que réellement soixante-six bouquinistes avaient adhéré et provoqué cette réunion, en signant leurs noms sur une liste. Cette observation met donc à néant l'imputation de *meneur* qu'on me jette, et défie les *vrais agitateurs* de justifier d'un pareil nombre d'adhérents.

C'était bien innocent, on le voit, c'était même certainement utile, et, partant, nécessaire ; des gens pratiques, sensés et soucieux de leurs intérêts et de ceux de leur famille, eussent voté haut la main cette proposition. Malheureusement, quelques-uns, sous-bouquinistes, et d'autres libraires, par conséquent tous étrangers à la corporation, criant ferme, buvant plus ferme encore, n'y virent que l'obligation de donner et pas du tout le plaisir d'obliger ; ils tremblèrent pour leur égoïsme, et, calculant que cette dépense humanitaire entrainerait le sacrifice de quelques petits verres de *consolation*, proposèrent d'étouffer, avant sa naissance, dans le ventre de ses pères, l'Association confraternelle des bouquinistes et de fonder bravement un repas mensuel. Ils étaient trop pauvres et pas assez nombreux pour donner *vingt sous*, par mois, à une caisse de secours mutuels, mais ils se jugeaient assez riches pour voter *cinq francs* pour un banquet mensuel, sans compter les imprévus des suppléments. Qu'importait la dépense, on ne compte pas quand il y a *harmonie* pour boire et chanter ?

A peine cent bouquinistes environ, avec femmes et enfants, étaient-ils réunis, que deux libraires se nommèrent, à l'unanimité, président et assesseur, et qu'un sous-bouquiniste, aussi frêle et délicat que le président était robuste et puissant, se déclara gentiment secrétaire. Il y eut discours écrit du président, le bureau applaudit à tours de mains ; le secrétaire, gentil comme un héros de Musset, lut un article de journal, rédigé par lui, et toutes les dames, émues de cette juvénile éloquence, se mouchèrent bruyamment. Un bouquiniste, un vrai, hélas ! demanda la parole, et après l'avoir obtenue, non sans difficulté, de l'impartial bureau, dit simplement : que les affaires n'allaient pas très bien sur les quais ; qu'il y avait souvent de la gêne et de la misère dans certains ménages ; que les enfants venaient souvent, la maladie plus souvent encore ; que les affaires devenaient pis alors, et que le découragement et le désespoir arrivaient après ; qu'on songeait parfois sérieusement à mourir, à déserter toutes ces peines, ces misères et ces cruautés ; qu'il valait mieux se réfugier dans la mort que de tant souffrir !... Il eût peut-être insisté encore et présenté le bien qu'on pourrait faire et le mal qu'on pouvait éviter, en donnant vingt sous par mois. Mais il était écouté avec une telle hostilité, qu'il comprit qu'un lion peut faire amitié avec un chien et partager un os avec lui, mais que l'homme, ce féroce animal, qui mange sans faim et boit sans soif, ne laissera jamais tomber les miettes de son banquet dans la bouche affamée d'un autre homme. Il donnera à manger et il payera à boire à celui qui, comme lui, n'a ni soif ni faim, mais il refusera tout à celui qui a besoin.

Le président, majestueux et solennel, se redonna la parole et proposa, par ironie, je le pense, un repas mensuel de confraternité bouquinière. On mit aux voix la première proposition : Faut-il fonder une association confraternelle des bouquinistes ? Douze mains, mettons treize, pour suivre la tradition de la librairie, se levèrent timidement en faveur de ce projet. Le quorum n'était pas atteint : il n'y aurait pas de caisse de secours mutuels. Crevez de faim, pauvres bouquinistes ! vos collègues vont voter, *pour eux*, un repas mensuel. Sur ce projet, sept bras, formidables et hardis, plus deux frêles, s'élancèrent en l'air ; on compta : les mains étaient doubles, mais, comme il y avait un impair, on pensa que le manchot avait voté. On avait tort, le manchot était mort, un examen plus attentif, et la cause le méritait, prouva qu'un des votants, trop ému, avait sacrifié une main pour soutenir son émotion. Etonnement général, et du mien en particulier, je l'avoue, il y avait moins de mains pour boire que pour donner à manger. Le ventre avait eu honte devant le cœur. Vous n'êtes pas mauvais, ô mes collègues, si mauvais du moins qu'on vous juge, et quand, plus tard, vous aurez le courage de vos opinions, de vos convictions et de vos intérêts, vous saurez faire du bien aux autres et à vous-même. Je vous souhaite ce courage, car, séparés et désunis, vous ne pourrez jamais triompher des difficultés du commerce et de la vie.

La réunion, non pas faute d'opinants et de préopinants, mais faute d'entente, ou plutôt d'union, fut forcée de se séparer sans avoir *rien* décidé. Le plus grand nombre s'en alla porter sa modeste recette du jour dans sa famille, et le plus petit, mais non le moins éloquent, resta au cabaret et dépensa la sienne, en fulminant énergiquement, verres et choppes en main, contre ces agitateurs, ces prétentieux, ces ambitieux, ces dangereux meneurs qui avaient la hardiesse de proposer la fondation d'une caisse de secours mutuels. Sûrement ils ne pouvaient être que des révolutionnaires, des anarchistes! Donner à manger à des meurt-de-faim, quand on a soif et qu'il fait si bon boire! Il fallait voir, ou plutôt il aurait fallu entendre comme on les arrangea ces propres à rien de philanthropes, ces protecteurs de la misère qui ne savent pas boire et qui ont la prétention de vouloir donner du pain à ceux qui ont faim! On leur fit prompte et sérieuse justice...

A force de boire et de parler, ils finirent, chose extraordinaire par s'entendre, et l'ex-sous-bouquiniste ès lettres, Boucher, retiré dans un gras fromage aux Beaux-Arts, fromage tombé du portefeuille d'un ex-ministre, retour de Copenhague, rédigea les délibérations fantaisistes que nous révèle, *en partie*, sa circulaire, du 4 novembre 1892. On a oublié volontairement d'y parler du projet de caisse de secours mutuels et du fameux repas mensuel; on y met en points les articles 2 et 3 que nous retrouvons, reconstitués, dans le livre d'O. Uzanne; mais, si on évite d'y reproduire ce qui prouverait leur mauvaise foi, on a soin d'y étaler les élucubrations les plus étranges et les insinuations les plus malveillantes. Vous qui traitez d'ambitieux et d'agitateurs, de modestes initiateurs à la mutualité bienfaisante, si vous étiez impartiaux, comment traiteriez-vous ces ardents sectateurs de banquets, s'ils avaient fabriqué de semblables articles? Le banquet de M. Marmier n'aurait-il eu pour résultat, et je crois bien que c'est le seul, que de provoquer ces deux proclamations bouquinières, qu'on devrait presque de la reconnaissance au rusé académicien. Ces pièces, bien qu'importantes au point de vue de l'étude physiologique de l'esprit et du caractère des bouquinistes, valent si peu de toute façon et à cause de leur façon, que j'eusse voulu les épargner à mes lecteurs; mais, comme c'est la première fois que les petites jalousies et les commérages mordants de certains bouquinistes revêtent une forme *littéraire*, adoptent un porte-plume, prennent, en un mot, un caractère typographique, il faut, en leur mettant le nez, dans leur prose, leur prouver que les *vrais* agitateurs et que les *seuls* meneurs, ce sont eux.

Toute manifestation, écrite ou parlée, qui, pour favoriser des haines ou des ambitions particulières, s'oppose à un acte utile, contrarie un but honnête et empêche un bien général, est un acte d'agitateur, de meneur, d'ambitieux... Que se proposaient ceux qui prenaient l'initiative de la création d'une caisse de secours mutuels ? d'établir un fond de réserve, par des versements mensuels, pour venir en aide à *tous* les membres de la corporation. Qu'ont voulu ceux qui ont enrayé ce projet ? sous le prétexte qu'on voulait exclure les libraires des quais et constituer une *bande noire* qui fonctionne, en plusieurs fractions, parmi les bouquinistes et les libraires, instigateurs et meneurs de cette campagne, vous avez étouffé une œuvre de bienfaisance, utile à tous. Les mots ne valent pas les actes, qu'avez-vous fait et que pouvez-vous faire pour le bien de vos collègues ? Tournez et retournez, dans tous les sens, les faits qui se sont passés, faites dire aux mots et aux choses le contraire de ce qu'ils devraient dire, la logique des faits et des choses ne vous frapperont pas moins de ce jugement sévère : vous n'avez ni esprit ni cœur, et vous êtes tellement aveuglés par vos passions, que, pour vous défendre, vous accusez *vos victimes* de vos indignes procédés.

PREMIÈRE CIRCULAIRE DE BOUCHER SIGNÉE : UN GROUPE DE BOUQUINISTES

« Paris, le 13 octobre 1892.

« Cher Collègue,

« Monsieur Xavier MARMIER, en léguant à notre cor-
« poration une somme destinée à un joyeux Banquet, n'a

« pas pensé semer parmi nous la discorde, ni permettre à
« de prétentieuses personnalités de reprendre une agitation
« dont nous avons déjà su faire justice. Aujourd'hui que la
« Presse entière s'occupe de nous, grâce à l'honneur
« posthume qu'a bien voulu nous faire le regretté acadé-
« micien, il importe plus que jamais de nous montrer unis
« sur le terrain de la bonne camaraderie.

« Il est donc urgent d'aviser :

« 1° A ce que tous les étalagistes vendeurs de livres
« soient, sans exception, admis à participer à notre fête
« intime, ce qui ne peut être que l'esprit, sinon la lettre du
« testament du défunt ;

« 2° A ce que les tentatives de fractionnement par quai
« soient accueillies comme elles le méritent, c'est-à-dire
« par un haussement d'épaules ;

« 3° Enfin à ce que notre banquet ne dégénère pas en
« réunion publique, où les deux ou trois agitateurs qui
« essayent en vain de troubler la bonne harmonie qui règne
« sur les quais trouveraient une occasion nouvelle de
« pérorer. Une gaieté de bon aloi doit seule nous ani-
« mer ce jour-là, si nous voulons répondre aux intentions
« du testataire. — Des chansons, pas de discours !

« En résumé : banquet unique, admission totale, y com-
« pris celle des dames étalagistes, prohibition de tout
« discours.

« Nous vous proposons, pour établir nettement tous ces
« points, une réunion générale dans laquelle nous délé-
« guerons à quelques-uns d'entre nous la mission d'orga-
« niser le banquet selon les intentions de M. Xavier Mar-
« mier et les *nôtres*.

« Cette réunion aura lieu au café Charrier, 5, rue des
« Beaux-Arts, le vendredi 14 courant, à 8 h. 1/2 du soir. »

DEUXIÈME CIRCULAIRE BOUCHER, SIGNÉE DE QUATRE DÉLÉGUÉS

« Paris, le 4 novembre 1892

« Chers Collègues,

« Dans la Réunion générale[1] des Bouquinistes tenue le « 14 octobre dernier, salle Charrier, vous nous avez délégué « tous pouvoirs pour nous entendre avec l'exécuteur testa- « mentaire de M. X. Marmier, touchant le legs fait en « faveur de notre corporation.

« Dans une entrevue avec M. Choppin d'Arnouville, « l'organisation du banquet a été réglée suivant le vœu de « tous et dans des conditions que vous connaissez déjà.

« Mais il est un point sur lequel nous avons particuliè- « rement le devoir d'insister : c'est celui de la prohibition « de toute motion tendant à provoquer au cours de notre « fête intime des discussions inopportunes.

« L'article publié dans le numéro de l'*Éclair* du 1er no- « vembre nous montre qu'il n'est pas superflu de parer à « toute surprise.

« M. Choppin d'Arnouville nous fait le grand honneur « de présider le banquet que nous offre son ami défunt, « M. Marmier, à la mémoire de qui il prononcera quelques « paroles ; cette seule circonstance suffira, nous en sommes « certains, à assurer à notre Réunion une tenue digne du « bon renom dont nous jouissons auprès de ceux qui, comme « M. Marmier, ne jugent pas seulement notre corporation « à travers les excentricités de deux ou trois agités.

« Pour mettre fin aux interprétations fantaisistes aux- « quelles certains journalistes, avec leur légèreté accoutu- « mée, prêtent une trop complaisante attention, nous rap- « pelons que dans une Réunion publique organisée par « nous ne savons qui et tenue le 3 juillet 1891, 3, boulevard

[1] Cette réunion générale, sur 200 bouquinistes, en avait réuni 36, pas même le 1/4.

« Saint-Michel, les Bouquinistes au nombre de 100 ont, à la « presque unanimité, définitivement résolu les questions à « la solution desquelles des anonymes les avaient conviés.

« Il n'est peut-être pas inutile de publier ici deux des « articles de l'ordre du jour voté dans cette réunion et « reproduits le lendemain par plusieurs journaux au nombre « desquels se trouvait l'*Éclair*. »

« 1° Les Bouquinistes remercient le Conseil municipal « de la faveur qu'il leur a accordée en permettant le séjour « nocturne de leurs étalages sur les parapets des quais ; « se déclarent satisfaits de cette amélioration et *ne* « *réclament rien de plus*. » Et ne désirent rien de plus, — dit le Uz.

« 2° Pour ce qui est de la proposition de créer une « société de secours mutuels : considérant que leur corpo- « ration est trop peu nombreuse pour assurer aux membres « d'une telle association des avantages efficaces, passent « à l'ordre du jour ;

« 3° Pour ce qui est de la proposition de déléguer à « quelques-uns le pouvoir d'aller dans les ventes publiques « acquérir les livres nécessaires à leur approvisionnement : « considérant que le fonctionnement d'une semblable asso- « ciation est illégal et la rendrait passible de poursuites « judiciaires, passent à l'ordre du jour ;

« 4° Pour ce qui est des réclamations à faire touchant « les étalages détenus par des libraires : considérant que « ceux-ci sont devenus libraires ultérieurement à l'obtention « de leur permission de bouquinistes, et que partant il « serait injuste de les priver d'un *débouché* peut-être indis- « pensable, passent à l'ordre du jour. »

« Il faut que l'on sache bien, dans la presse et dans le « public, que tous, quel que soit notre lieu d'origine, nous « sommes *Parisiens* avant d'être *bouquinistes*, et que nous « nous élèverons toujours contre les tentatives ayant pour

« objet de modifier la physionomie des quais, même *à notre* « *avantage ;* il faut que l'on sache aussi que nous ne nous « associerons jamais à des réclamations inspirées par les plus « bas motifs de jalousie et de rancune et dont nous déplo- « rons qu'une certaine presse se fasse l'écho inconscient.

« Chers collègues, vous êtes mieux placés que les jour- « nalistes pour savoir quelles ridicules ambitions se dissi- « mulent derrière ces revendications injustifiées : vous n'en « avez jamais été dupes et deux fois déjà vous avez réduit « à néant ces velléités d'agitations vaines. Nous sommes « donc assurés d'être les interprètes de vos propres senti- « ments en annonçant dès aujourd'hui que nous avons pris « des mesures efficaces pour que notre banquet ne soit pas « autre chose qu'une réunion d'amis pas du tout disposés « à servir nous ne savons quels intérêts électoraux nés ou « à naître.

« Recevez, chers Collègues, l'assurance de notre entier « dévouement à nos intérêts communs. »

« *Les bouquinistes délégués.* »

Je ne donne pas le nom des quatre signataires, et pour une raison bien simple: on omet toujours, c'est l'usage, le nom des figurants. Je ne relève pas non plus les fautes de français, de bon sens, et autres articles du même style, qu'on est forcé de subir dans ces deux factums, mais je comprends que, sur la confection de ces deux chefs-d'œuvre, O. Uzanne, le fantoche littéraire, lui ait accordé ce brevet de littérateur délicat et affiné : « Gentil comme un héros de Musset, il cultive avec une rare délicatesse la littérature et le monde des littérateurs les plus affinés et les moins publics, sans essayer d'oublier ou de faire oublier sa passagère position d'étalagiste *observateur*, resté ami des bouquinistes. » Je rends cette phrase à Uzanne ou à Boucher ; aux deux c'est plus sûr, ils ont dû la gester ensemble, cette phrase phénoménale. Elle est tellement pleine, qu'il sort un peu de tout de là dedans ; une rare délicatesse de littérature, un monde de littérateurs les plus affinés et les moins publics, un étalagiste, un observateur, un gentil héros de Musset, un ami des bouquinistes !

Au reste, si les conférences du délicat Boucher, si les croisades bouquinières du frêle co-notaire de Niort, si ses galantes calomnies d'ex-associé de Mimi Pinson du quartier latin, si ses circulaires d'elégant et correct littérateur ne suffisaient pas pour le recommander à la sympathie et à la reconnaissance des bouquinistes, je crois que le livre d'O. Uzanne, qui avoue et reconnait la collaboration de Boucher, qui a finement colligé pour lui ses notes les plus diffamantes, suffirait pour faire apprécier à sa juste valeur son caractère jaloux et ambitieux d'agitateur et de meneur.

Conclusion : ni meneur, ni agitateur, mais... bouquiniste suis.

O. Uzanne, Boucher, et quelques autres qui gardent l'anonyme, m'accusent de vouloir enrégimenter les bouquinistes, en bande noire, dans les ventes, et de demander l'exclusion des libraires comme étalagistes sur les quais ; quand ai-je dit, ou écrit un mot qui vous donne le droit de m'attribuer des intentions aussi sottes et aussi inutiles ? Que m'importe que tel ou tel libraire qui fait manifestement partie d'une bande noire quelconque soit étalagiste ; ou que tel bouquiniste qui a boutique sur rue soit membre de la même bande ou d'une autre ? Libraire et bouquiniste, je n'ai jamais été affilié à aucune coterie, ayant pour but de faire ses affaires aux dépens des veuves et des malheureux. Depuis trente ans que j'achète et que je vends des livres, je le fais loyalement et correctement, souvent combattu par mes confrères, mais jamais de connivence avec eux. Au moins, si je paye plus cher, j'ai la satisfaction d'en faire profiter quelqu'un d'aussi gêné que moi. Ma pauvreté que vous calomniez, en l'accusant de vices cachés, se moque de vos plaisanteries et méprise vos stupides mépris ; elle vous met au défi, ce qui gênerait plus d'un de vous, de soupçonner son honnêteté.

Pourquoi, puisque j'ai toujours refusé de me servir de mes connaissances en livres, pour opérer de bonnes affaires, aux dépens des autres, insinuez-vous, aujourd'hui, que je vise à fonder une société de concurrence et d'exclusion dans les ventes ? De qui ai-je besoin pour me renseigner sur la valeur des livres, pour me guider dans mes achats ? Et quelle satisfaction de vanité ou d'ambition puis-je bien rechercher, parmi les bouquinistes, mes confrères, en me faisant inscrire comme membre d'une société de secours mutuels ?

Si vous étiez moins infatués de vos ridicules personnes et moins portés à nuire, je vous dirais : avant de prêter à Antoine ou à André, toutes les petitesses de votre esprit, toutes les lâchetés de votre conscience et toutes les complaisantes complicités de vos passions, étudiez leur vie et leurs actes, et peut-être, pris de remords et de honte, finirez-vous par comprendre que vous n'avez pas le droit de les salir de votre boue.

De vous prouver à qui sont plus nuisibles et plus à charge toutes ces méchancetés, et qui en souffre davantage, de vous, calomniateurs, diffamateurs et insulteurs, ou de nous, insultés, diffamés et calomniés, ce serait curieux à faire, mais je n'en ai cure, c'est affaire à vous ; j'aime autant me taire, car je pourrais dire quelque mot, tendant à je ne sais quoi, qui me ferait perdre le bénéfice de vos coupables procédés.

Quand on a voulu faire du bien et qu'on a réussi à en faire suffisamment pour mériter autant de jalousie et soulever autant d'injustices, on n'a pas le droit de renoncer ou de compromettre cet honneur. Non, vous n'arriverez jamais à persuader à personne, m'ayant connu ou me connaissant, que je sois assez naïf pour aspirer à être quelqu'un ou quelque chose parmi les bouquinistes et les libraires.

Après n'avoir rien voulu être, qu'un homme indépendant et libre, travestir mon caractère et insulter ma vie, en me prêtant de si piètres visées et de si mesquines ambitions, mais c'est le comble de l'insolence et de la stupidité ! D'où sortez-vous ? Et qui êtes-vous, pour me traiter si platement ? Me prenez-vous, par hasard, pour un O. Uzanne ou un G. Boucher ? Assez ! Je n'entends pas que vous me descendiez jusque-là. Relisez, vous, votre livre, et vous, vos deux circulaires, trois mauvaises actions littéraires qui méritaient de s'accoupler, comme elles l'ont fait, et f... moi la paix !

En résumé, Uzanne n'a écrit ce pamphlet : *La physiologie des quais de Paris*, que pour faire de l'argent ; il sacrifie tout à ce but : vérité, délicatesse et convenances ; il ne loue et ne dénigre surtout que pour mieux amorcer la vente. Tous les noms qu'il traîne dans cette prose sont condamnés à lui fournir une réclame fructueuse. Il a compté sur cette sorte de chantage pour se constituer des rentes : c'est au public honnête à lui prouver qu'il s'est trompé.

Le *moi* est haïssable, a dit Pascal, je l'ai constaté à mes dépens dans cette longue brochure ; j'ai été forcé de le défendre si souvent contre les insultes et les calomnies de mon détracteur, que j'en fais un nouveau grief de rancune, contre celui qui m'a imposé cette cruelle nécessité. Ne me blâmez pas trop, patients lecteurs, car j'eusse préféré, si j'en avais eu le choix, la lire, écrite par un autre, que de l'écrire moi-même. Je déteste écrire, et on le comprendra facilement, car je ne le fais que pour me défendre, ou gagner ma vie, autre tâche aussi désagréable que la première. Maintenant, si l'écrivain vous a inspiré quelque intérêt et quelque sympathie, il vous prie de les lui témoigner, en achetant sa brochure au bouquiniste, qui vous en remerciera pour les deux.

Tours, imp. Deslis Frères.

www.ingramcontent.com/pod-product-compliance
Ingram Content Group UK Ltd.
Pitfield, Milton Keynes, MK11 3LW, UK
UKHW021056270726
13967UKWH00012B/1965